教室の隅にいる女が、不良と恋愛しちゃった話。

秋 吉 ユ イ

幻冬舎文庫

教室の隅にいる女が、
不良と恋愛しちゃった話。

目次

本文イラスト
蔦森えん

1章　不良との恋

「終わった……！」

私、朝倉《あさくら》シノの高校生活3年目って、いわゆる氷河期だった。1組から9組まであったクラスは、私が1組で、1年生、2年生で培ってきた友達は全員9組だ。

校舎も違うし、新しいクラスでは友達ゼロ!!

クラス替え見て、教室配置見て、なかなか絶望的な高校3年目がスタートした。

「友達いないよ〜」

とシクシクしてたのもつかの間、クラスに入って愕然《がくぜん》とした。

「最近彼氏以外の男とヤリまくってんだけどぉ！」

「ぎゃははははっ。あんたやばいくらいヤリマンー！」

「あ――、学校つまんねー」

「つーか、ヤリてー」

(マジで!?)

ヤンキー、ギャルという表現も偏っているけれど、要は、新しいクラスはいわゆる1軍の方々だらけだったのだ。

1軍：リーダー系・ムードメーカー・目立つ人・ギャルなど

2軍：明るいけど取り立てて目立つわけじゃない・運動部の人たち

3軍：クラスの隅にいる系・おたく系

　一方私は、

「自分では2軍だと思いたい」

　しかし、クセっ毛混じりの長い黒髪！　常に伏し目がちで垂れさがりの眉《まゆ》！　変化の乏しい表情！　無愛想＋根暗＋地味……。

　このトリプルコンボで3軍のオーラが見事に漂っていた。つーか、3軍なんだよ、コノヤロー！

　正直、地味……な私は、先行きがとにかく不安でたまらなかった。

「アアアー！　どうしよう！　何このクラス！　人生終わった！」

（なんだこの1軍だらけ……。ギャルとか、派手な男子とか……！）

　派手なクラスメイトと、地味すぎる自分。

（ウワァァァ怖いよ、ママァー！）

　そして不安な私を、更に追い込む事件が起きた。

「私の座席はどこだ……」

　身分の差に絶望的になりつつも、おそるおそる派手な生徒に囲まれている、自分の席についたその瞬間。

――ガシャ――ン！

私の机が蹴《け》り飛ばされた。

「エ……」

机がね、目の前で蹴り飛ばされるとか、まず、日常で遭遇しない。お父さんによっては、ちゃぶ台がひっくり返されるとかギリギリあるかもしれないけど。とりあえず硬直していると、

「――おい」

低い声で私を見下ろす男が隣にいた。

ツンツンした黒髪に、三白眼の鋭い目つきの男子生徒だった。背丈は高く、制服は絶賛着崩し中で、全体的な容姿を含め、空気が既に派手。おそらくクラスメイトであろう彼は、目下大変不満そうにわたくしめを睨《にら》みつけておられた。（恐怖のあまり敬語化）

「ヒッ……」

（――コワ……！）

「おまえが座ってる席。そこ、俺の席なんですけど」

「エ……」

……。

……。

（……ま、まさか私、座る席を間違え……）

「わ――、ごめんなさ……」

慌てて立ち上がろうとしたそのとき、私をのせた椅子が突然動いて体が宙に浮いた。

「ギャ！」

悲鳴とともに、バランスを崩し、椅子ごとベシャーと床に崩れ落ちる。

「いった……」

『人の椅子の上に汚いケツのっけるんじゃねぇよ！』というように、無表情で私が座ったままの椅子を蹴り飛ばした男子。私がひとつ席を間違えて座ってしまった本当の席の主。

（え、今の、なに……？　え？）

呆然《ぼうぜん》と、その男子を見上げる。

彼は私が椅子から落ちる様子を見届けると、自分の席に座ることなくズカズカと友達の輪に戻っていった。

「佐《さ》山《やま》ひでぇー！」

「アハハハハ！」

一連の行動を眺めていた、彼の友達もケラケラ笑っている。

（――こ、怖！）

なんだ今の！　席間違えちゃったのは悪かったけど！　せめて口で言えよ‼　どいてくれない？　喋《しゃべ》れよ！　的なさああ……。

（……バイ菌みたいに払いのけられた……）

ショックだった。

そして私をバイ菌のように払いのけた男こそ、佐山ケイジ。

まさかこの日から1ヶ月ちょっとでコイツが私の彼氏になろうとは、このときは予想もしなかったけど！

ウヒャ！

佐山ケイジは不良だった。他校にケンカを売られれば意気揚々と買い、教師には烈火のごとくブチギレる。

本人は「不良じゃねぇ！」と否定するが、バイ菌扱いされた私から見たら、十分不良である。

（つーか、コエーんだよ！　なんで隣なんだよ！　あっちいけよ！）

　というわけで。友達もいない、いきなりバイ菌扱い、隣はケンカ上等暴力沙《ざ》汰《た》当たり前の不良……こうして私の高校生活最後の年は絶望的なまま幕を開けた。

　クラスメイトとは、仲良くなるどころか……。

「ねえ、アンタ名前なんだっけ？」

「え？　私ですか？」

「そう」

「朝倉シ……」

「あー、やっぱいいや。掃除ダルいからー、あたしのかわりに床掃いといてくれない」

「あ、はい」

　しょぼん。

「メイってばかだよねぇ、まじウケるアハハ！」（ドン）

　肩にぶつかるクラスメイトと私。

「いった……」

「エ!?　あ、ご、ごめんなさい」

「え？　聞こえなーい」

「ごめんなさ……」

「まぁいいや。んで聞いてよ〜！　話の続きなんだけどさぁー」

「…………」

しょぼこーん。

名前すら、むしろ存在すら認識されない虫けら状態が続く。

（あぁぁぁムリィィイ。もうやだ。登校拒否したい）

でも登校拒否する勇気もない……。

正直、当時の私はとても暗かった。話しかけられても、同学年なのに敬語で喋っていた。

こんな状態で、なぜ私をバイ菌扱いした佐山ケイジと仲良くなれたかというと……。

きっかけは授業中の出来事だった。

スーパー怖い山野《やまの》という女教師の国語の時間、教科書を忘れると、この教師はすぐカッとなる。

例に漏れず、佐山は教科書を忘れた。さすがの佐山も山野先生は怖いらしく、「ヤベエエ──」と青ざめ、私は密《ひそ》かにウケていた。

「んじゃ、つぎ。佐山……。教科書、２行目から読んで」

よりによってこの日、佐山ケイジは当てられた。

「あ……スイマセン……教科書忘れまし……」

「なに考えてんだあ！」

教室中に怒号が響く。

自分が怒鳴られたわけではないのに実に恐ろしい。

（プッ！　ザマーミロ、不良め！　山野、グッジョブー）

と思っていたところに、

「じゃあ佐山は、朝倉に見せてもらって、教科書を読め！」

「…………」

……。

（私……!?）

「……エッ、あの私ですか？」

「同じこと2度も言わせるんじゃないよ！」

ヒィィイイ！　山野の怒りがコッチに！

「ススミマセン……！」

（……エ――!?　私が貸すのー!?　うわーやめてよ！　こんな不良に教科書貸したくない……！　つーか不良だって、バイ菌の私の教科書なんて借りたくないだろうよ！）

「……アー、じゃあ」

佐山が、躊躇《ちゅうちょ》しながら声をかけてくる。

（ええ!?　おまえも隣に仲いい女子いるだろ、そっちに借りろよ！）

「……は、はい、どうぞ」

以前、バイ菌扱いされたことを思い出しつつも、恐る恐る教科書を差し出す。

クラスメイトの視線は私と佐山の2人に集中している。

「朝倉さんが喋ってるとこ初めて見た、クスクス！」

っていう声も心なしか聞こえた気がする。

恐怖の山野授業もようやく終了し、佐山は教科書を私に返した。

「これ……」

「あ、どうも……」

　2人の間の微妙な空気は、いつかのバイ菌扱いが原因かと思われる。

「あ、その、ありがとな、教科書！　朝倉さん」

「いえいえ……」

「……あー、……朝倉さんも山野に当てられなくてよかったな」

「……あ、さん付けとかいいですよ……」

「え？」

これは、下っ端（3軍：シノ）をえらい人（1軍：佐山）が〝さん〟付けで呼ぶもんじゃないですよ、っていう意味だったが、言ったあとに後悔した。

（なんか私、この不良と仲良くなりたいみたいじゃん……！）

「あ、いや、ていうか……」

オロオロ……。

「同学年だし……的な……」

オロオロ……。

「……その……言葉のあや……っていうか……！」

私のこの無謀な申し出に対し、佐山は、

――ガタン！

返事もなく無言で席に座り直した。

「…………」

せめて返事くらい……「うん」とか「いいえ」とか……。

ない……。ですよね……。

隣の住人（佐山ケイジ）に失言やらかした私は、続く休憩時間も沈黙ムードだったが、隣はうるさい。なぜなら佐山の友達がわらわらと群れるから。

「佐山、なに当てられてんだよ～」

他の不良にからかうように言われれば、周囲にいる女子も笑いながら頷《うなず》く。

「ほんとだよぉ。ひやひやしちゃったぁ、アタシ」

「怖いよねぇ、山野」

佐山も「うん」と相槌《あいづち》を打つ。

「もう二度と忘れねー」

「とか言うけど、アンタ教科書持って来たことあったっけぇ？」

「………ねーな！」

ドッと笑い声が教室に響く。

（あああああ……）

ピーチクパーチク。

ピーチクパーチク。

（うるさい！　うるさいんだよ！）

（なにさ‼　わらわら群れやがって‼　友達いたって、全然うらやましくないもんね‼）

机の上に頭をのせて、心の中で叫ぶ。

ウワーン！

（ちくしょーきらいだきらいだギャルも不良もだいきらいだー！）

「……でも、朝倉さんがいてよかったねぇ〜〜〜〜」

って……。

（エッ？）

「ほんと♪　朝倉さんのおかげで救われたよねぇ、ケイジ♪」

「朝倉さんに迷惑かけるなよー！」

「そうだよぉ。クラスで唯一まじめな子なんだからぁっ」

（わ、私の話題!?）

「隣が朝倉さんでよかったねっ」

「ちゃんとケイジ、お礼言ったの〜？」

自分の話を真横でされとるー！

（ええええ!?　私はこうゆうとき、声をかけたほうがいいの!?　反応したほうが良いの!?　ちゃんと話しかけてくれたら反応できるけど、ここで反応したら盗み聞きしてたみたいじゃない!?　どうしよう……！）

←私の脳内のコマンド

①反応する
②話しかける
③聞こえないフリをする　↑ピッ

よーし、つーわけでここは③の聞こえないフリ……。

「おーっ、マジ助かった！　サンキューな、朝倉」

「エッ？」

思わず、体を起こした。

（いっ、い、今）

朝倉？　呼び捨て？

ワアアアア――――！

無視されたのかと思ったよ！（されたけど！）

「――――い、いいよいいよ!!」

（呼び捨て、きた！　あわわわわどうしようどうしよう！　素直に嬉《うれ》しいどうしようなんだ

この不良めちくしょー）

ツンデレか！　いわゆるツンデレか！

（ああ、なにか言わないとなにか言わないと）

「……あの……」

（どういたしましてって言わないと！）

「でも、佐山にはもう貸さないよ」

アレ――!?　そんなこと言いたいんじゃないよ、自分！

思ってもない言葉が飛び出す自分にびっくりしたけど、言われた佐山も驚いていた。

「――はっ!?　貸してくれよ！」

「絶対やだ！　隣の不良のとばっちりで山野に目つけられちゃう」

「不良じゃねぇー!?」

「不良だろ。じゃあ、貸すたびにジュースおごってね」

「ああ、くそ、朝倉なんかに借りなきゃよかった」

「ふふふふー」

ハイ、バイ菌事件が嘘のようです！

会話していて、すぐに気づいた。話が合う！　波長が合う！　話をしていて楽しい！　これを機に、とんとん拍子で佐山と仲良くなりました。まぁ、1軍の佐山と3軍ごときの私が仲良くなると、結構いろいろ問題が出てきたのだけれど。

一度打ち解けてしまうと、仲良くなるのは光の速さのようで、1週間でお互いその気になっていたと思う。

「なぁ、俺のサインやろうか」

授業中、佐山がいきなり話しかけてくる。

「……いらない。私のサインあげる」

ぽい、とノートの切れ端にくまのプーさんの絵を描いて渡す。

「ほらよ」

「……朝倉ってすげー、宇宙人の絵、うまいな。尊敬した。美術系でもいけるんじゃねーか」

「あ、マジで？　宇宙人うまい？　マジで？　シノちゃん、ウレピー！　授業終わったら覚えておけよ、佐山！」

「ねえねえ佐山、小テスト何点だったー？」

「俺にテストの点数を聞くんじゃねぇ」

すかさず佐山のテスト用紙を取り上げて見る。

「……わお……」

「……コラッ！　見たらせめてなんか言えよ！」

「0点って初めて見た！」

「人の点数をでかい声で言うんじゃねぇ！……いいんだよ、俺はこれからの人生で一切勉強する気はない！」

「これあげるよ、次のテストがんばってね」

またもやノートの切れ端に、勉学のお守りを描いて渡す。

「すげー手描き感出てるけど、これ効くのか」

「シノちゃんが描いたんだから、効くに決まってるじゃん」

「そうですか……」

翌日。

「これやる」

プーさんのキーホルダーを佐山が渡してきた。

「エッ!?　どうしたの！」

「プーさんが好きっつってただろ。前の小テストのとき、お守り貰《もら》っちまったからなー」

「ええぇ、ありがとう！　かわいい！　ありがとう！」

翌日。

「じゃあ、私からはこれあげるね」

中くらいの大きさのプーさんのぬいぐるみを佐山に渡した。

「……いや……おい、なんだ、これ」

「お返し！」

で、翌日。

「朝倉。サンドバッグにしては貧弱だったぞ、昨日の」

「……サンドバ……」

無残な姿になった、プーさんが頭に浮かぶ。

「……なにやってんの？　なにやってんの。ねえ、プーさんだよね、プーさんだよね、それ!?　サンドバッグじゃなくてプーさんだよねええ!?」

「おう、しかしプーさんをサンドバッグ扱いできるなんて、俺も出世したな」

「ばか！」

さらに、翌日。

「朝倉。ほら、これやる」

「ウワ！」

目の前に巨大なプーさんのぬいぐるみが置かれる。

「でか！　でかい！　高いよ！　いいの？　マジで？　ほんと？　嘘じゃなく？　爆発もしないんだよね？　ワーイ！　佐山好き！　愛してる！　実はいいやつ!?」

「ハハハハ。喜んでもらえてなにより……。バイト代、飛んでるっつーの！　朝倉の愛とやらと引き換えにな！　1ミクロンも役に立たねえお前の愛と引き換えにだ！」

「ひょほほほ」

佐山との距離が縮まり、1ヶ月が経過した頃、我が校は中間テストの後に体育祭を控えていた。

体育祭の準備に追われていると、気づけば夕方。

「ワー、暗くなっちゃった。急いで帰んなきゃー」

「ういーす、朝倉」

「あ、佐山。今帰り？」

鞄《かばん》にノートをしまいこみながら、近づいてくる佐山に笑いかける。

「おう」

「そっか。じゃあ私は帰るね、ばいばーい」

「気をつけろよー。もう暗いし」

「……え……、佐山心配してくれるんだ！　ありがとー」

「ちげー。帰りが遅くなって睡眠不足に陥った荒れた肌を、俺に見せんじゃねーってことだ！」

「ぷぷ。佐山は素直じゃないなぁ、心配してるくせにィ」

「だから心配なんかしてねー！　お前の頭はあわせ味噌《みそ》か！

……って言いたいところだが、正直ミジンコほどは心配している」

「エッ……マジで……佐山が優しい……怖い……！」

「おい」

「あ、じゃあ途中まで一緒に帰ってあげようか？　佐山が私を心配しないように」

「全力でお断りします」

「ハァア!?　この私が帰りを共にすることを佐山ごときに許してあげるって言ってるのに断

るとか！」

「うわぁい、何様ー!?　むかつくー!?」

「シノ様だよ！　シノ様って呼んでもいいよ」

「誰が呼ぶか！」

「えへえへ。まぁ冗談はおいといて！　暗くなったら怖いから、ほんと帰るよ、私は！」

「……おう」

「じゃあね、佐山」

鞄を持ち、佐山の横をすり抜ける。すると、彼も同時に歩き出した。歩幅も見事に合う。

「……アレ？」

「朝倉さんがどうしても俺と帰りたそうだったから。仕方ねー、帰ってやるか」

「……エッ、すごい勘違い」

「まぁ、元々一緒に帰るつもりだったから気にするな」

「え、うん。アレ……やっぱ一緒に帰りたかったんだね、佐山？」

「違うわ！　紳士な姿を見せて、朝倉をひれ伏せさせてやろうとする俺のすばらしい戦略ってやつよ」

「へー……がんばれ」

心優しい私は応援してあげたのでした。

「あ、そういえばさ」

ゴソゴソと鞄から1枚のプリントを取り出す。怪《け》訝《げん》そうに眉をひそめる佐山ににんまり笑いかける。

「中間テストの範囲、見た？」

「……そういやもうすぐテストだなあ」

嫌そうに佐山は顔をしかめる。

「そうそう、だからテストで勝負しようよ！」

「はぁ？」

「私が佐山に勝ったら、気分が良いので、プレゼントあげよう」

もちろん（失敬）私が負けることはないので、プレゼントはあげる前提だったりする。そんな私のにんまりとした、悪意たっぷりの含み笑いに、佐山が引きつったように、後ずさる。

「……そんな悪いっすよ、朝倉さんから贈り物とか……」

「遠慮しないで！」

「……ハハ、遠慮ね、させてください。ぜひ」

「またまたあ」

「つーか、こえーんだよ！　なにくれる気だよ！」

「えぇ～？　なににしようかなぁ、フッフッフ……」

「……お前、なんか変なもんくれたら体育祭で、全校生徒の前で愛の告白するぞ！　嫌がらせのためだけに！　かなり捨て身だが！」

　プレゼントを貰う前提でこの発言。

（え？　それって……）

　と考えると同時に、声にも出していた。

「ブーッ！　それ絶対私に告白することになるよ！」

「上等だ！　そしたらお前、付き合えよ！」

「……いいよ！　受けて立つよ！　さすが不良はやること違うなー」

「不良じゃねぇ！」

　こうして、告白までのカウントダウンが始まったのだった。

　体育祭がやってきた。

　高校最後の体育祭だけあって、我がクラスは異常なまでに盛り上がっていた。

佐山を含め、運動がスーパーできる男子に黄色い悲鳴があがったり……。

高校生活最後の体育祭――クラスメイトの心はひとつになり、全員一心同体で体育祭を楽しんでいた。

私は敵チームと一心同体でしたけど。

（アッレー、アッレー、自分アッレー……？）

だってね！　だって友達いないんだもん、うちのクラスには！　いくらクラスメイトがひとつになってるったって、私だけ浮いてるっつーの。

クラスメイトと喋った記憶、一切ねぇっつーの。

なので、私は仲の良いお友達がたくさんいる敵チームに混ざって、敵チームを応援していた。

そんな中、事件は起こった！

昼休憩の時間。

佐山は、拡声器を持ってグラウンドにある朝礼台に立った。

「あー、こんばんは。マイクテストマイクテスト」

「おい、なにしてんだよ、佐山ぁ〜〜」

「なになにぃ〜〜〜、どうしたの〜？」

クラスメイトがゲラゲラ笑っている……。

（……まさか……）

私は一瞬で事態を把握した。

いやね、私も「今日佐山に告白されるのかな」とは思ってた。ちょっと朝からドキドキウキウキしてた。それは認める。

でも、

「朝倉さんいますかー。朝倉さん見てらっしゃいますかー」

これは望んでいない。

「つーわけで、佐山ケイジ！　テストに負けたら告白しなきゃいけない、っつーことで」

これはさすがに望んでいないよね。

「……あー……」

「……朝倉ー！　好きだあああ！」

ぎゃああああああああああああああああああああああああ。

おま、ちょ、まて、つか、え⁉　ちょちょいちょ……！

鼓膜破れるんじゃないかっつーくらい、「キャー！」っていう大歓声が上がった。

（私がキャーだよ！）

朝倉シノはこの瞬間、陸上部のエースの斉藤《さいとう》くんが驚愕《きょうがく》する速度で、グラウンドを脱兎《だっと》のごとく駆け抜けましたから。背後に迫る、「佐山！　佐山！」という佐山コールを聞きながら……。

　当然のように、佐山も全力で追いかけてくる。

「待て、コラ、朝倉！　告白してやったぞ！」

「むりむりむり！　恥ずかしい死にたい死にたい!!」

「俺のほうが死にたいわ！」

「あきらかに私だろ！」

「お前聞いてただけじゃねーか！」

「そうだけど！」

(そうだけどそうだけどぉぉぉおお！)

「なんならもう1回聞かせてやるとしよう！」

「やめろ！」

「好きだー！　(ヤケクソ)」

「ワ――！　ばか!!　ばかっ、もう佐山のバカ、恥ずかしい！
むかつく！　タックルドーン！」

ドーン。

「うぉ！」

校舎裏の中庭に、２人で勢いよく雪崩《なだれ》れ込んだ。

「アイタタタ……。思いっきり転んだ！　ちゃんとタックル受け止めてよ！」

「無茶言うなよ⁉　誰のせいだ！」

「エヘへ。私かな」

「ったく……」

「…………」

「…………」

少しの間、沈黙があった。

「……あああああ。なんて言えばいいのかわかんねーが、ケツの据わりが悪いわ！」

体を起こした佐山が、勢いよく私へと向き直った。

「……で、だ……。まぁ付き合うことになったが……」

「……う、……うん……そうだよね……」

（わー、恥ずかしくて、どうしよーどうしよー）

「なんつーか」

（午後の部参加できねぇー、どうするんだ。さぼりたいさぼりたい）

面白いやら恥ずかしいやらで、思い出し笑いよろしくニヤケがとまらない私をよそに、佐山は横で喋り続けた。

「まー、俺らの仲って勢いだったし、ノリだったりするんで」

（本当に佐山と付き合うことになったんだなあ……。信じられない！　この不良と私が……！）

「他にいい奴見つけたら俺に遠慮するなよ」

私をバイ菌扱いしたこの不良と……？　この先、手を繋《つな》いだりキスとかしちゃうのかなあ。

「『失敗したー！』とか思われるのは我慢ならん！　っつーことで。まあ、そんだけ」

キャー！

もう考えただけでもシノちゃん恥ずかC～！……って。

（――エッ⁉）

「まー、俺らの仲って勢いだったし、ノリだったりするんで。他にいい奴見つけたら俺に遠慮するなよ」

後ろからトンカチでゴーン、と叩《たた》かれた気分だった。

（なんでそんなこと言うの……？）

いや、わかってた。スッゲー勢いだったし、その場のノリだったし、そもそも佐山と本来付き合えるような女じゃないし。

……でも私、佐山のこと好きだったんだけどなあ……。結構本気だったんだけど、佐山にとっては所詮《しょせん》、ノリと勢い。

私が他の男に乗り換えてもなんとも思わないのかー、って考えたら、思わず言ってた。

「他の男もなにも、私、佐山以外と付き合う気ないよ」

「…………」

目が点になる佐山。一瞬にして空気を察知する私。

「アレ、なんか私、恥ずかしいこと言った⁉ あ、でも、佐山がそう言うなら、遠慮なく佐山が浮気したら東京湾に沈めるよ！　浮気相手ごと沈めるから！」

アアアー！　3軍の分際でなに恥ずかしいこと言っているの、私！　絶対『調子に乗ってる！』って思われた！　もうダメ！　ムリ！

ウワーン、消えたい！

「……俺以外と付き合う気ないのか。そうかそうか」

佐山がゆっくりと口を開いた。

「朝倉も意外とかわいいなあ」

（……え？）

「東京湾に沈める発言を優しい目で見られたね」

（え、え……）

「恐らく、俺は甘いんだろうがな！　お前はやるときはやる女だ！」

（あれ、これ……）

「まあ、恥ずかしいこと言わせてしまったので、俺も恥ずかしいこと言うとするか」

コホン！　とわざとらしい咳払《せきばら》いをひとつ。

「勢いではあるが、ちゃんと好きなんで大事にします」

多分、お互い、顔が赤いと確信する。

「……ああ――。こんな発言は１００年に１度でいいな……！」

佐山の照れた顔が印象的だった。

こうして私たちは付き合うことになりましたとさ！

「……でも変なものあげた覚えないんだけどなー、私」

午後の部まるまるサボるわけにもいかず、のろのろとクラス集合場所へと向かって歩き出す。

「思いっきしくれたじゃねぇか！」

「私のサイン入りキュートラブリー☆プリクラじゃん。普通じゃん！　かわいかったでしょ？」

「かわいくないわ！」

「あらあら照れちゃって、ウフフ」

「まぁ、貰っちまったもんは仕方ねー。ありがとうと言っとく……」

とかなんとか喋っていたら、わっと、クラスのみんなが現れた。

「ケイジー！　朝倉さんー！」

(ヒッ！)

「うわーい、お2人とも、おめでとうっ」

一度も会話したことのない1軍クラスメイトが、次々と声をかけてくる。

「ど、どうも……　(ヒー、怖い！)」

1軍にビビる3軍女の図。

「……ニヤつきが……見ていただけで止まらなかった〜」

「どうなるんだろうと思ってドキドキした。おめでと！」

なによりギャル軍団の応援を受けて、私は挙動不審になる。

「ほら、キョドってねーで行くぞ朝倉」

「ウウウ……ウン……!!」

こうして、告白が告白だったから、一躍有名な学校公認カップルになり、

「朝倉さーん！　佐山とどうよ！」

「告白されたときの心境教えてー！」

からかわれる日々が続くし、1軍と3軍のカップルということで、

「佐山くんの彼女……あの子？」

「まじで？　ないわ」

「ちょー不釣り合い」

快く思わない人も、もちろんいたけれど。


「ねぇ、おかしいでしょ？　女帝もそう思わない？」

「思うよ。思うけど、そもそもさ……」

佐山の姿を遠くで眺めている女子がポツリと呟《つぶや》いた。

「エリカが、佐山くんの彼女でしょ……」

2章　女子によるイジメ

佐山ケイジは、さまざまな面で男前だった。

「いい加減にしろ佐山!! いつも寝てばかりで、まともに授業受ける気がないのか!」

授業中、先生に注意されれば、

「うるせぇ!!」

(エエッ! 怒鳴った!)

「文句があんならかかってこい!!」

説教をする教師に対して、とりあえず「かかってこい」。

(どんだけ飢えてるの……! 男前だ!!)

友達がいないため、昼食はいつも１人でとっていた痛い子シノ。お昼は誰もいない図書室や階段で食べることが多かった。

「ここで食べてんのか」

ある日、マイダーリン佐山が現れた。１人で食べている私のもとで、さりげなくお弁当を広げ、ごく自然に食べる。

(佐山……一緒にごはん食べてくれるんだ……。しかも私が惨めな思いをしないよう、なにも言わずに食べてくれるなんて……なんて優しい……っっ)

「つか……」

箸《はし》をおいて佐山が一言。

「友達どうした？　いないの？」

明らかに友達がいない人に対して、「友達どうした？」って聞くんじゃねぇー！　めっちゃ惨めだわボケェエエエ――ッ！


あの告白事件以降、私たちは連日、すさまじい勢いでからかわれていた。

「朝倉さんと佐山はラブラブだねぇ！」

「ラブラブじゃねーよ、そんなもんとは程遠いわ！」

「どこまでいった？」

「渋谷だよ、渋谷。渋谷まで遊びに行きました」

「もうヤった!?」

「うるせーな！」

しかし、あまりにからかわれすぎて、私は鬱《うつ》っぽくなりかけていた。

「ああ、明日もからかわれる……鬱……もうやだ……無理……」

と落ち込み、思わず呟いた。

その翌日からピタリとからかわれなくなったのだ。

当時は「ワーイ！　からかうの飽きてくれたのかなー!?」と思ったけれど、実は佐山が裏で手を回してくれていたのだった。私が真相を知るのは数ヶ月後のことだけど……。

(男前ー。超男前ー！　キュンキュンときめきノンストップー！)

顔は美形ではないけれど、適度に整っていて体格もいいし、身長も高い。スポーツ万能。成績は最低だったけど、社交性もあり、明るいし面白い……ぶっちゃけ、佐山ケイジはモテた。

対するオープンに告白された彼女（私）は、

「元からテンション低い子だったけど、3年になってからすっごく暗くなった」

「つか、友達いるの？　ごはん1人で食べてない？」

「……朝倉さん？……ああ、クラスの隅にいる子かな（笑）」

「あの子さぁー、佐山くんとしか喋ってないよね？（笑）」

こんなんだから、「釣り合ってない、本当に釣り合ってない」って思いが自分自身にもあり……。

なんかね、ちょっと反感買っちゃったんじゃないかなー、って。佐山を好きな女子の反感を買っちゃったんじゃないかなー？　って薄々は感じてた。

もうすぐ夏休みが始まろうというとき、

「あれ？」

私の机の上には、毎日ゴミが置いてあった。

「なんだこれ」

朝早くに学校に来る、紛《まご》うことなき優等生シノの机の上には、紛うことなきゴミが置いてあった。

ゴミというか、食べかけのコンビニ弁当、菓子パンとかお菓子の袋などいろいろ。

最初は、「放課後、私の席で喋っていた人たちが、食べ残してったのかな。ゴミの捨て忘れかな」って本気で思っていた。

私、ちょっとポジティブすぎたかなー、根暗の分際でポジティブすぎたかなー、って。

ゴミが自分の机の上に、故意にばら撒《ま》かれているとは、思いもよらなかった。

「朝倉！」

机の上にゴミが置かれるようになって1週間も過ぎた頃、佐山にびっくりするくらいデカイ声で呼び止められた。

「えええええ。声でかァァァ」

「イジメられてんのか!?」

「エッ！　なんの話⁉」

「や、クラスの奴が……朝倉の机にゴミ撒いてる奴らがいたって言ってたから」

（マジで）

「うそぉ……、あれだよ。ゴミの片付け忘れじゃない……？」

「そうなの？」

（いや、ずっとゴミを片付け忘れるってありえない気がしなくもないな……）

「だと思うんだけど……」

そう言いながら、私自身でもわかっていた。だって、現に「ゴミが撒かれているのを見た」クラスメイトがいるのだ。

（……イジメ？　なんで？　私、なにかした？）

……確かにクラスでは浮いてたけど、最近は佐山を通して結構クラスメイトとも喋るようになったし……。


「朝倉さん」

私の疑問は、この後すぐに明らかになった。

授業の合間にある休憩時間に、ゴミ撒き疑惑の当事者たちに呼び出されたのだ。

もうね、アレだから。ビビるから。

呼び出してきた女子の数は、３人とか５人ではなく、11人だから。お前ら、佐山ケイジ親衛隊かっつーの。

「朝倉さんでしょ？」

「あ、はい……」

「話があるんだけど、いい？」

「あ、はい……」

「じゃあ、こっち来てくれる？」

「はい……」

ところで、私には幼馴染《おさななじみ》がいる。

幼稚園で出会って、誕生日も血液型も背丈も一緒で、小学校・中学校・高校まですべて一緒の運命の友達、その名もミドリコ。

「一生友達でいようね！」

なんて約束を交わしたり、

「困ったときは絶対に助けてあげる」

「大好きだよ」

とか、子供ながらに恥ずかしいこと言い合っちゃった仲。

お互いの意思疎通は、改めてアイコンタクトで可能なまさに幼馴染、まさに大親友。

が、私を囲む11人の女子の中にミドリコがいたからね。

（アレー、あたいら親友じゃなかったっけー？　アレレー、なんかこの状況を面白がってるっつーか、ちょっとニヤニヤしてない？）

しかも、

「おまえなんでそっちサイドにいるんだよ！」

というアイコンタクトを送ると、小さくガッツポーズで、

「がんばれ！」

って返してきた。がんばるから助けろっつーの！

しかし、裏切りはミドリコだけではすまなかった。

「あのさあ……、知らないなら教えてあげるけど」

女子集団のリーダーが、集団の中でとびぬけてかわいい子を指して言った。

「朝倉さんじゃなくて、エリカがケイジくんの彼女なんだよね」

（はい？）

「だからね、朝倉さんはケイジくんに二股《ふたまた》かけられてんだよ」

（はい？？　二股？）

……いやいや二股ってあれでしょ、交際相手が2人いるっていう。

（佐山が？　佐山だよ？　ないよ、あいつに限ってそれは。絶対ない！）

――そして、ここで私はまた見当違いなポジティブ精神を発揮する！

（ああ……そっかあ……この女子集団はひょっとして……）

佐山に彼女がいる説を打ち立てて、私にあきらめさせようとしてるんじゃないか⁉

「ひ、ひっく……うわぁん……ぁぁぁ……う……」

ナルホドね、それですべてに納得がいく。

「私……、ひっく、もうどうしたらいいかわかんな……うあぁぁあああん……」

この集団いわく佐山の彼女、エリカちゃんが突然泣き出したのもきっと計算ずくの演技！

「ヒック……プリクラとって……ふぇ…………冬に……うぁっ」

目の前でプリクラを見せられ、佐山とチュ～してたり、『祝・三ヶ月☆』とかあるのも、いわゆるCG合成！

「なんで……なんでぇ……どうして……わ、わた……う、あ……」

……まぁ、それにしては、ちょっと泣き方がリアルに切羽詰まってるかな、とは思ったけど……。

（ひょっとして、私やっちゃった？　また根拠のないポジティブ精神発揮しちゃった？）

でも、私もそこまでバカじゃないから、いい加減気づいていたよ！　このポジティブ思考はただの、現実逃避だと……！

「……どゆこと？」

「だから……エリカはずっと佐山くんのこと好きで、告白してうまくいって……。あたしたちには順調に付き合ってるように見えたし、エリカもそう思ってたの……」

説明する女子の背後で泣きじゃくるエリカちゃん。

「そしたら体育祭のとき、朝倉さんにケイジくんが告白して……エリカやあたしたちエェッ⁉　ってなっちゃって……」

なるよねー、そりゃなりますよね！

「……けど、それよりも問題は……」

「え？　それより……？」（え？　一番重要じゃね？　そこが）

頭の中は真っ白、口はポカーンな私をよそに、女子集団のリーダーは続けた。

「佐山ケイジを愛してるのはどっちか！　っていうこと！」

……。

（……エェー!?　愛？　エェー……）

いや、わかる！　泣いている友達のため戦う自分、友人の彼氏をとった敵（私）を前に戦う自分、事実を説明し熱くなる自分！……彼女の心境は、すんごくわかる!!　でもね、真顔でドラマの台詞《せりふ》みたいなことを言っている目の前の女の子に、笑いそうになっちゃったっていうか、〝ここ笑いどころなのかな？〟って勘違いしてしまい、

「あはは」

笑っちゃった。

笑える状況ではなかったんだけど、ちょっと面白かったのと、場をなごませるためのジョークかな？　って思って笑っちゃった。

「なにがおかしいの!?」

そうしたらキレた！　すごくキレた！　完全にブチギレた!!

「え……あ、ごめんなさい」

「エリカは真剣なんだよ！」

あなたのほうが真剣ですよ!?

「朝倉さんももっと考えなきゃだめじゃん！」

説教された！

「そんないい加減な態度は、エリカを追い詰めるだけってなんでわからないの⁉」

はい、すみません！……どどどどどうしよう、本気で怒ってる。おそろしい！

でも、落ち着け自分。ここは意見を言わせてもらう絶好のチャンスではないか？　佐山は絶対二股するようなやつじゃない！　事実はどうであれ、勘違いがあるに違いない。彼女たちが私を呼び出した理由は、要は「別れろ」ってことでしょ。

絶対やだ！　別れたくないよ！　だから言え！　言うんだ。

シノ！

「こっちだってショックで頭の中真っ白なんだ」と、「佐山が二股なんて信じられない」と、「別れたくない」と！　さぁ、言え！　朝倉シノ！

「……てゆーか、私たち付き合ってないから」

（アレ？）

「佐山は～、罰ゲームで告白しただけであって……」

（アレレ？）

「周囲が誤解しちゃって、それで付き合う？　的な形をとらざるをえなかっただけで……勢いとノリだけっていうかさ」

（エエー！）

「なんか……誤解させちゃって……本当にすみませんでした」

（えぇぇぇ〜〜〜〜!?　ちょ、おま、落ち着け！　なぜ!?　なにかしら、この口！　私の意思と反したことばかりベラベラ言ってる！）

「え？　朝倉さんとケイジくんって付き合ってなかったの？」

「ウン」

……ウン、って言っちゃった……。

「……なんだ！　そうだったんだぁ！　あたしたち勘違いしちゃってた！　ごめんねぇ！」

「ううん、こっちこそ！」

……も、もういいや！　この場の回避が優先！　なるようになれ！

「じゃあ、朝倉さん、宣誓してくれる？」

「せ、宣誓……？」

宣誓

【1】朝倉シノは二度と佐山ケイジと言葉を交わしません。

【2】朝倉シノは誠実な心で私たち（女子集団）と接します。

【3】今後はエリカの気持ちをよく考えて行動します。

（エェェなんだこれ……！）

「これらの誓約を絶対破らないようにね？」

（エエエ……！）

「じゃあ朝倉さん！　宣誓するから私のあとに続いて！」

「エエエエ――……（め、めんどくさー！）」

「朝倉シノは、二度と佐山ケイジと言葉を交わしません!!」

「（ウ、ウワァー熱いぞこれ）あ、朝倉シノは二度と佐山ケイジと言葉を交わしません……」

女子たちの熱いソウルを感じながら、宣誓を繰り返しさせられ、ようやく解放された。

「よっ！　お疲れさま！」

親衛隊が去っていった後、裏切り者のミドリコと私だけが廊下に取り残された。

「うん、お疲れ様ー……じゃねーよ！　キサマ！　ミドリコ！　なんで私をボコる側にスタンバってんの!!」

「だって仕方ないじゃん。誘われちゃったんだから」

「もっと大事なものあるでしょ、友情とか。18年間の今まで培ってきたなにか！」

「アンタそれより、佐山くんと付き合ってないの？」

「エッ、付き合ってるよ」

「……じゃあ嘘ついたの⁉」

「だって怖くて思わず……」

「バカじゃないの⁉　バレたときどうなるか、私知らないからね！」

「エエー！　そこをなんとかしてよ！」

「絶対無理。私あんたより自分の身のほうが大事だから」

「おまえこのやろー！　ミドリコォォォ‼」

「ギャハハ！　私より先に彼氏作った罰だし！　ザマァ！」

「朝倉、ここにいたのか」

廊下で2人で騒いでいると、事件の発端である佐山がひょっこり現れた。

「おー、朝倉の友達さん？　どうも」

佐山はミドリコにペコリと軽く頭を下げる。

「ど、どうも……。じゃあ私行くから……あはは……またねー」

ばつが悪そうに去っていくミドリコを見送ると、すぐさま佐山が声をかけてくる。

「おまえが授業サボるなんて珍しいなー、どうした？」

「……どうしたって……」

【1】朝倉シノは二度と佐山ケイジと言葉を交わしません。

「聞いてよー！　実は呼び出しくらっちゃってたんだよ!!」

破ったー。誓約をコイツ、即破りよったー。

「呼び出し？」

「佐山のファンに呼び出されたよ。隣クラスの○○さんとか……」

しかもばらしたー。すべてばらしよったー。

「マジか。怪我とかしなかったか」

「してないよ、むしろエリカちゃん《あっち》が泣いてたよ」

佐山が沈黙ののち、口を改めてひらいた。

「すまん。言い直す。怪我させませんでしたか？」

（？）

「うわー、泣かせるとはなー。あー、俺、このオチ読めたはずなんだよ」

「いやいや……オチとか……」

「もう、とっとと未来の罪の自首しにいこうぜ！　一緒についてってやるから！　なっ」

「勝手に泣いてたの！　私が泣かせたんじゃないの!!」

「わかったわかった！　いいから行こうぜ！」

「聞けよ、ばか!!」

「ハハハ」

こんな感じで普段と変わりのないトークをキャッキャと……、

(できるわけがないっつの！)

ウワ――――ンッ！

(本当に二股してんの？　エリカちゃんと付き合ってるの!?)

って、そればっかり考えてしまう。

(それにほら、佐山とエリカちゃんが抱き合ってたり、キスしてるプリクラ見ちゃったし
……)

そう、抱き合ったりキスしてた……ん？　抱き合う？　キス？　アレ……。

(私たち、まだそういうことをした覚えがない！)

今頃気づいたー！

(そ、そもそも私たち付き合ってるの!?)

そういえば、佐山と付き合って約2ヶ月が過ぎた。

夜方面はおろか、恋愛初歩手段のキスも、手を繋ぐとかそんな激しいハレンチ行為も、や

っていない。

(ひょっとして、私たちまだ友達止まりでは……？)

「……ね、ねぇ佐山」

「ん？」

「……私たちって付き合って何ヶ月だっけ？」

「なんだ、おまえ、そうゆうの気にするタイプか。1ヶ月ちょいじゃねぇ？」

どうやら付き合ってはいるらしい。

アッ!! もしかしたら、エリカちゃんとも付き合っているけど、佐山はバカだから二股がいけないことを知らないのかもしれない……。

「ねえ佐山」

「なんだよ」

「二股ってよくないよね？」

「おう」

あら知ってた！……ということはやっぱり、エリカちゃんは元カノで、未練たらたらで、佐山とヨリ戻したくて、女子集団で私をはめようとしているのかもしれない。

「ねぇねぇ佐山！」

「だからさっきからなんだ!!」

「佐山って何人かと付き合ってたことあるよね」

「まあ、そりゃなあ」

ご、ごくり。

「元カノってどんな子？」

「…………」

な、なんで無言になるんだよ！

「そうゆうのは、お互いのために言わないほうがよくないか？」

（エエエエエ……）

結局、そんなに気になるなら、単刀直入に言えばいいんです。

「エリカって誰？　付き合ってんの？　クソが（?）」とか「佐山が二股してるとか言われたんだけど、ほんと二股してんの？」とかハッキリ言えばいい。

言えば……。

（言えないよー！）

だって、好きなんだもーん！

今の関係を壊したくないよ！

こうして私の気持ちはモヤモヤしたまま、夏休みへ突入した。

夏休みに入ると、私たちの間に微妙に友達以上の空気も漂い始めていた。

プールへ行った帰り道のこと。

「田《た》中《なか》くん（クラスメイト）って女の子の胸はつかめるくらいが好きなんだって。佐山は？」

「……え？　俺に聞くの？　マジで？」

「ウン」

「………じゃあ言うけど。そりゃ胸はないよりあったほうがいいが、なかったとしても文句は言わん」

「へぇ～」

「まぁ、まさか陥没までしてねーだろ、朝倉でも。ははは」

「あははは、陥没なんてしてないよぉ～」

あはは……あはは。

「つーわけで、確認しにプールに行きました。なんか文句あるか!!」

「ウワァー、視線で犯された。さいてー！」

「バカか!!　そんな舐《な》めるよう見とらんわ！」

「バカにバカって言われたくないんですけど!!」

ラブ度　【★★★★☆☆☆☆☆☆】

海にも行った。

「浜辺で昼寝しようぜ……」

前日オールの佐山に、

「私、浜辺で走るカップルのあれやってみたい！　捕まえて～キャッキャ！　てやつ」

私は元気満々に言う。

「え……」

ドン引きの佐山。

「はい、ドン！」

おかまいなしに走り去った私を仕方なく佐山が追いかける。

「ったく仕方ねえ……ん？　てか、シノの奴、全速力じゃね？　いや、ちょ、ま、ありえねえええ！」

うそおお!?　砂に足をとられ、佐山はまったく追いつけない。

砂浜での全速力の追いかけっこ終了後、佐山はゲロった。

ラブ度　【★★★★★★★★☆☆】

3学年肝試し大会では真っ暗な校舎を2人で歩いた。

「ギャー！　コ、コワー!!　無理無理無理むりむりむりぃぃぃぃぃ」

「そうやって、たまには女らしくなるのも新鮮でいいと思うぞ」

「いやいや、怖いんだって。ほんと怖いんだって。マジこうゆうの無理なんだって」

「ひっぱりすぎだろ！　服が伸びる！」

「じゃあ手繋ごうよ！」

「わかった、わかった」

この日、佐山と初めて手を繋いだ。

ラブ度　【★★★★★★★★★★】★★★*　限界点突破！


こうして私たちの距離は、次第に友達から恋人へと移行されていく……と思ったら大間違いだ。

ラブ度【☆☆☆☆☆☆☆☆☆☆】ピュ〜〜。

だって常に「二股されてるのかなあ」と悩みまくっていたから。

確かに夏休みはほぼ、毎日会ってたけど、佐山がバイトの日は、絶対に遊べない。

（……ほんとうにバイトなのかな。エリカちゃんと遊んでるんじゃないの……？）

そんな不安な気持ちが渦巻く中、ある日佐山からお誘いの電話がきた。

「今日、花火大会あるけど行く？」

花火大会……。そりゃ、彼氏と花火を見るなんて理想のイベント。是が非でも参加したい。

でも、このままずるずると佐山と楽しいことだけを共有する仲でいいのかな？　って考えると「やっぱりこのままじゃだめだ！」という気持ちが強くなってきた。

（気になっていることをせめて確認しないと……）

「二股してるの？」「彼女他にいるの？」ちゃんと聞かなきゃ……。

（よーし、言うぞ！　言っちゃうぞ！　せーの！）

「彼女と行きなよ」

「え？」

「だ……だからさ、花火大会は、彼女と行けばっていう！」

「は？」

聞き返してくる佐山。

「は？　じゃなくて……本当の彼女と行ってよ！」

ブチッ!!

――ツーツー……。

「………」

勢いでウッカリ切ってしまった。

(言っちゃった……！　確認どころか真実をついた気もするけど)

プルルルル。

携帯の着信音がすぐに鳴り響く。

これは……。

プルルルルプルルルルプルルルル。

もちろん佐山からのコールだ。

携帯を取り、【通話】ボタンを押す。

「……朝倉？　いきなりどうした？」

佐山は私が怒りを露《あらわ》にしていたことに困惑しているようだった。

私は「ふー……」っと息を吐き、

「あのね……」

エリカちゃんにこの間呼び出されてね、
エリカちゃんと付き合ってるってほんとなの？
エリカちゃんって佐山にとってなんなの？
エリカちゃんってかわいいよね。
エリカちゃんって……。

「もー、ヤダ！」

「……はい？」

「佐山、キライ！」

「え？」

「ほんと、きらい。きらいなの！　わかる⁉」

「朝倉？」

「もう別れる‼」

勢いで再び電話をぶち切る。

「はあはあ……」

心臓ばくばく。

そのあと、何度か鳴り響く携帯に私は一度も出ることはなく……、諦《あきら》めたのか、ついに着信は途絶えた。

「フ、フン！　ようやく諦めたか……！　しつこい男め!!

あ——スッキリした！」

言葉とは裏腹に、目がじんわりと涙で滲《にじ》む。

「これで終わりなのかなぁ……まぁ別にいいけど……」


ピンポーン。

「佐山とはノリで始まった関係だし、うん」

ピンポーン。

「ノリ……かぁ……」

ピンポーン。

「……」

ピンポーン。

「……あ――！　うるさいなぁ！　おかあさんいないの？　おかあさー……」

私はバタバタと走って玄関へ向かった。玄関の扉を開けると、そこにいるのは予想どおり、佐山だった。

「よお」

「さ、佐山……」

正直なところ、来てくれたことは嬉しかった。

「なんで来るの⁉」

なのに素直になれない私。

「……意味わかんなくて、とりあえず来た」

「意味わかんないのはこっちだよ！　もう嫌いって言ったよね？」

「いや、俺のほうが意味わかんねーわ。俺、なにかしました？」

「うん」

「覚えてねーけどな‼」

「サイテー！　もう本当嫌い。顔も見たくない。さようなら！」

意地を張り、もはや収拾のつかない発言を繰り返している私。

「……本気で覚えてねーけど、謝るから、嫌いとか言うなよ」

「覚えてないって……」

（じゃあ、あのプリクラはなんなの。エリカちゃんってなんなの）

　やるせなくって涙が止まらない。

「泣くなよ」

　必死で自分の袖《そで》で涙をふこうとする佐山。

「だからさぁぁぁ、付き合ってる子、いるんでしょぉぉぉお」

「だから誰ー!?」

「エリカちゃんっ！」

　ようやく名前が出た。

　でも、本当はこの時点でも佐山のこと、どこかで信じてた。ただワガママ言って困らせたかった。心配してほしかっただけだった。

　つまるところ、佐山の反応を試していただけだった。

「すんませんでした！」

　佐山は土下座した。

（………アッレ……）

この反応は予想外、ほんとに予想外。

「い、いやいやいやいや」

ただちょっと大げさに拗《す》ねてみせただけで、実はこれっぽちも別れるつもりはなかった。

「誰だよ、それ!?」

という反応を期待していた。

「もぉコイツゥ！　女子の嫉妬《しっと》に嫉妬するなよ☆」

「ごめんごめん♡　めっちゃ悩んだんだ♡♡！」

みたいな、ちょっとふざけたおピンクな会話を想像していたのに。

佐山が謝ってきた。

「……え——？　エート、リアル二股？　リアル浮気かな？　みたいな？？」

「違う!!　つーか……エ？　なんで知ってるの？」

(「なんで」じゃねぇぇぇぇぇえ!!)

「イジメっこ集団に直接言われたんだけど……『ケイジくんと付き合ってるのはエリカ!!　メスブタ朝倉、地獄に消えろや!!』的な感じでさぁ」

「……そっか……。つーか、浮気とか、二股とかじゃねぇ」

(じゃあ、なんなんだよー)

「エリカとは……」

「エリカちゃんとは……？」

エリカちゃんの一方的な片思いとか？　それとも私は遊びでエリカちゃんが本命とか……。

「もう終わったと思ってた」

（エー！）

「春休みも一切会わなかったし、教室違うし、廊下ですれ違っても喋らないし、いやほんと。もう別れたもんだと思ってました」

（エェー！）

あきらかに引いた目をしている私に、佐山は慌てる。

「待て待て待て！！！　言い訳ってわけじゃないが、1学期の間だって1度も喋らなかったわけだし。普通終わってると思うだろ……」

「えー、そうゆうもんなの……？」

……でもエリカちゃんは「うまくいってたのに……！」とか言っていたし、なによりエリカちゃんはめちゃめちゃかわいいし……。

この瞬間の私の頭の中のコマンドはこう←

---

①「嘘つくなァァァーー！」と殴る
②「そんな男きらいよーー!!」と逃げる
③「そもそも佐山が私を相手にするのも変だし……」　↑ピッ

「……は？」

「だって私かわいくないし、性格は暗いし、教室でもハブられてるし、佐山が私みたいな女を相手にするのっておかしいって周りも思ってると思うし」

「はい？」

「佐山もほんとは私と一緒にいるの恥ずかしいんじゃないの？」

「はい？」

「私たちって見た目も性格も真逆だし、合わないんだよ」

「…………」

「佐山は私のこと本当はきらいなんだ」

「…………」

「殴って！　私のこと殴ってよ！」

シノさん、頭だいじょうぶでしょうか？

完全に女子にありがちな超暴走モードに突入！　こうなると、も一止まらない！

感情は大爆発、怒り【★★★★★★★★★★】ｍａｘ！

「落ち着け朝倉!!」

「落ち着いてる!!　殴れ！」

「落ち着いてねぇえ!?　つーか！」

ぐいっと、佐山が私の腕を引っ張り、抱きよせた。

「…………ごめん」

動揺しながらも、

「そ、そんなことじゃごまかされない！　離して！」

私がもがくと、佐山はさらに力を強める。

「ギャ！……ウゥ……」

諦めて呟く。

「ウゥゥ……！　私はただ殴ってほしかったのに……!!」

怒り【★★★☆☆☆☆☆☆☆】ピュ〜。

「……ねぇ佐山……」

「ん？　落ち着いたか？」

「なんか暑くない？　汗かいたよ。アイス食べたい」

「……落ち着きすぎだ⁉　切り替えはえーな、オイ！」

「だって……。佐山はなんで私を殴らないの？」

「殴れるわけねーだろ」

「けち‼」

「いや、けちって」

「…………」

抱きしめられたまま沈黙が続き、先に口を開いたのは佐山だった。

「……不安にさせたのは謝る。エリカとも、ちゃんと話つける。……ごめんな」

「佐山……」

キュン……。

「わかった……」

「ん」

そうして佐山が腕をゆるめる。

「……しかしアレだぞ、朝倉。『殴って』って。家だからいいものを、傍《はた》から見たら誤解されそうだ」

「だって必死だったから……‼」

「まぁ、うん」

「だいたい佐山が悪いんだよ！　私、夏休み中ずっと泣い……」

「泣いてたんだからね！」って不満も混じった言葉を返そうとしたのに、言葉が続かなかった。


佐山がひょい、と前かがみになって、キスしてきたから。

こうしてノリで付き合った私たちは、ケンカを経てどんどんカップルらしくなっていった。

夏休みに若干の波乱はあったものの、逆にそのおかげで私たちのラブラブ度は増し、始業式には心機一転で臨んだ。

「ヨーシ！　これから薔薇色ライフを送るぞーっ」

「じゃ、エリカのとこ行くか」

い、いたー！　そんな子、いたー！　毎日が幸せすぎて、忘れていた。

エリカちゃん問題はなにひとつ解決していなかったのだ。

2人でエリカちゃんのいる教室へ向かう。

「な、なに……？」

私たちに呼び出されたエリカちゃんは不安そうだった。

「俺たちってもう……」

ケイジはすぐさま切り出す。

「終わってるんだけど」

ばっさり過去形だった。う、嬉しいけど——。

「わかってると思うけど、俺が今付き合ってるのは朝倉さんなので」

エリカちゃんが泣きそうだ。

「……私、ケイジくんが忙しいと思って、なかなか話しかけられなかった。それが別れの原因？」

「いや、原因は、俺が朝倉を好きっつーことです」

エリカちゃんの目から涙が溢《あふ》れ始める。

「な、なんで……じゃあ、どうして……どうして私と付き合ったのぉ……!?」

「そりゃ……」

や、やだ！　佐山の口から他の女に向けて、

『付き合った理由？　好きだったからだよ』

って言葉、聞きたくな……。

「顔がかわいかったから」

静寂がおとずれた。

「……か、顔……？」

「顔」

「か、かお……私の価値は顔だけ……？」

エリカちゃんの瞳から、大粒の涙が大洪水だ。

「ケイジくんのばかぁぁぁぁぁぁぁぁ！」

そう叫んで、泣きながら走り去っていった。

「……わ、ワー……」

「まー、ああ言っときゃ、俺のこと最低男だと思うだろ」

「エー！　佐山ってば！」

まさかエリカちゃんに嫌われようと、最低男のふりを……？

「良い人だね、佐山！　惚れ直した！」

「どーも……」

さあこれで心機一転！　ついに薔薇色な学園ラブコメディに突入だー！


「朝倉さん！　ちょっと話あるんだけど」

って、そう簡単にはいくわけはなかった。

「……な、なあに」

いつの日か誓約をさせられた女子集団のリーダーに、ニコヤカに声をかけられる。

「朝倉さんはァー!!」

と叫んだ。その声は教室中に響いた。

私も驚いたけど、教室にいるみんなも驚いてた。

（エッ……！　声でかっ……）

と思ったつもりが、

「エッ……！　声でかっ……」

私、あろうことか声に出していた。完全にケンカを売っていた。

瞬時に、リーダーのこめかみにハッキリとわかるほど血管が浮き出て、怒りが露になっていた。

「誓約なに破ってんだよ⁉」

そりゃ、ブチギレますよね。訂正もききません。

でも、私も負けないんだから！　今回は強気に言ってやる。「関係ないやつはすっこんでろ‼」ってね。

「だって！」

「あぁ⁉」

「さ……佐山とエリカちゃんの問題は解決したと思う……んですけど！　当人同士で！」

（ま、まじコエー。リーダー超コエー。おしっこちびる……）

「当人同士で……解決？」

「は、はい、そうです」

「そんなの関係ない！」

エエエー⁉　関係ないのー⁉

「あんたがあたしたちとの誓約をちゃんと守って、真摯《しんし》に誠実な対応をあたしたちにするならこれからは仲良くしてあげるけど、そうじゃないなら敵だからね！」

ブッフ⁉

（ちょ、待って⁉　私、別に仲良くしてなんて頼んだ覚えないですけど――⁉）ってね、ハッキリ言いたいところだったけど、目や鼻から大量の汁。つまるところ、号泣。

返事の「はい」「いいえ」すら言えない状態で「ひっうっ、えぐっ、うー」って泣きまくりだった。

もうねー、本当にこれだけは叫ばせてほしい。

「マジでリーダー怖い！」

女子集団のリーダーである彼女のコードネームは、女帝。学年で一番、熱いハートを持つ、エリカちゃんの親友だった。

さあ、女帝の攻撃が始まった！

体育の合同授業が終わり、後片付けをしていたときのこと。

「ふー。ハードル片付けないと……ん？」

振り返ると、女帝とその友達が背後にいた。

「朝倉さん‼」

女帝のシャウトはグラウンド中に響き渡った。

（ヒーッ！　声でか！　恥ずかしいィイイ、みんな見てるよー！）

「あなた、なんなの⁉　ウザイんだけど！」

「エ⁉」

「ちんたら片付けて！　なに⁉　ヤル気ないの⁉」

「エッ……いや、ううん、そうゆうわけじゃ……ご、ごめんなさ……」

「あっそ！　じゃあいいけどね！」

またある日は、幼馴染のミドリコに愚痴をこぼしていたときのこと。

「マジ女帝怖いよー……！」

「怖いよねー、わかるわかるって……アッ！　シノ、ごめん！」

「エ、なに？　どうしたの」

ミドリコが突然、申し訳なさそうに手を合わせ頭を下げてきた。

「私……ウッカリ、女帝に言っちゃったんだよね……」

「……なにを？」

嫌な予感がすごくする。

「朝倉さんさぁ！

　ミドリコに聞いたんだけどさぁー！」

(ギャ、女帝出たー！)

「な、なに？　どうしたの……？」(ひぃぃ怖い)

「あんた、あたしのこと、怖いとか言ってるんだって⁉」

(エエエエエ……⁉)

「そう言ってたんだよね！　ねぇミドリコ」

「う、うん……。シノ、言ってたよね」

(テメェミドリコォォォ！)

「あたしは朝倉さんのために説教してるのにさぁ！　怖いってなんなの⁉」

「ご、ごめんなさ……！」

「マジありえないわ！　人として間違ってるし！　マジふざけんなだし！　頭おかしいんじ

やないの⁉」

「は、はい……頭おかしいです」

「謝ればすむって問題じゃないんだよわかるよねぇ」

「は、はぃ……」

「じゃあ土下座」

「エ？」

「土・下・座・し・ろ！　つってんの！」

（エエー……！）

そして更に女帝との日々は続き、

「ねぇ、この席誰のー⁉」

女帝がズカズカ教室に入ってくるなり、私の机を指して叫んだ。

「朝倉さんの席だけど……」

「え～やだ、汚い！　この間、座っちゃったんだけど！」

（き、汚いって……）

ウワーン‼　さすがにもう耐えられない。

この間からなんなの！　私がなにをした⁉

なにこの理不尽な仕打ちは！

確かに無理やり宣誓させられた約束を私がアッサリ破ったから、女帝がキレるのもわかるけど。

でも宣誓って、

【1】朝倉シノは二度と佐山ケイジとは言葉を交わしません。

【2】朝倉シノは誠実な心で私たち（女子集団）と接します。

【3】今後はエリカの気持ちをよく考えて行動します。

こんな一方的な誓約のめるかァ――！

「もうやだヨー……」

チクチクと痛む胃をおさえながら、教室を出ようと扉を開けた、その瞬間――。目の前を佐山が走っていった。

「あれ、佐山……」

走る佐山のはるか先には女帝。

（ま、まさか……いや、でも……）

「佐山、ちょ、ま……」

またたく速さで佐山が飛んだ。

ド――――ンッ！
女帝へとび蹴りが決まった。

ドシャーン！

女帝は、首がもげた感じ（に見えた……）で、吹っ飛んだ。

（ヒィ！）

女帝と一緒に歩いてた友達は、ピュ～ッと蜘蛛《くも》の子のように散って行った。怖いもんね、佐山、私でさえビビったもんね。

「……？……!?」

女帝は鼻とか頬《ほお》とか、いろいろなところから血を出して既に泣きじゃくっていた。

「おい！」

佐山がズカズカと女帝に歩み寄る。

「俺のことはなんと言ってもいい。だが、あいつを的にされるのは嫌だ！」

さ、佐山……。ごめん、ちょっとハズい。（COOOOL）

「佐山ァ！　おまえなにしてるんだ！」

騒ぎを聞いて駆けつけた教師が怒鳴りつける。

「俺は別に悪いと思ってねー！」

女帝は泣きながら保健室へ向かい、佐山は職員室に問答無用で連行だった。途中、佐山と私は廊下ですれ違いになり、

「…………」

「…………」

目が合って数秒後、ぺしっと頭をはたかれた。

「見んな！」

どうやら照れくさい、らしい。

（……ああ……想われてるなぁ私……）

きゅん。でも、女帝痛そうだったな……。

さすがに大丈夫かなってちょっと思……。

「思うわけねーじゃん！　女帝ザマァ！」

わーん、もう佐山だいすき。一生ついて行こうっと。

以来、佐山が怖いのか女帝が私に近づいてくることはなく、こうして女帝のイジメは終わりを告げたのだった。

3章　ケンカ

佐山は不良である。紛うことなき不良である。たとえ本人が「不良じゃねぇ！」と否定しても、誰がどう見たって世間一般じゃ不良の部類に入る。

ところで、テレビドラマとか映画とかでよくある「校門の前に他校生（属性・不良）がいる」というシーン、あれは本物だった。

「ウルァアア！」

って、狂ったように叫びながらクラスの男子が校門まで走ってケンカとかして、

「やめろー！」

って先生が必死に止める――これも実在する光景だった。私の今までの平穏な人生の中で、こんなのを目の当たりにするのは初めてだった。

小学校とか中学校とか荒れてなかったし、高校に入っても2年生までは、「他校と抗争？ハハッ、ドラマだけでしょ？」って思っていた。

でも、3年生になって佐山と同じクラスになって、ドラマの中のことはすべて本当だったということに気がついた。しかも、うちのクラスの男子は、他校生とケンカするのにほぼ全員飛び出してしまうのだ。

いやいやお前ら、他にやることあるでしょー。

「ウルァアア！」とか言ってる場合じゃないっしょー。

「舐められてたまるか！」とか言って、見えない敵と戦ってる場合じゃないっしょー。「男子って子供だよねぇ」

　って言おうと、女子を見回したら、

「がんばって！」

「あっははははは」

「負けないでねー♪」

　って女子も応援していた……。

「完全に私の味方ゼロ……！」

　しかも、我が愛すべき彼氏の佐山くんは、

「俺が行く。おまえらは後から来い」

　という感じで彼らを率いていた。

　実は私は、佐山の不良な面に今まで一切ふれてこなかった。面倒くさいし、怖いし、よくわかんないし、なにより、あまり見たくない側面だからってスルーしていた。


　ある日の放課後だった。

「ミドリコ、一緒にかえろーっ」

「アレ？　佐山くんは？　いつも一緒に帰ってるじゃん」

「佐山は他校の生徒とケンカをしに行くんだって」

「え……はしゃぎすぎじゃない」

「だよね!!　はしゃぎすぎだよね！　おかしいよね！　うちのクラスの女子もおかしいよ」

「マジ、シノのクラス青春謳歌《おうか》しすぎでウケル」

「ほんとだよねー、ないない！」

　ケンカなんてどこ吹く風と、ミドリコとケラケラと笑いながら、玄関に向かって階段を下っていく。

「でも、青春謳歌はしたい！　あたしも彼氏ほしい〜」

「プッ！　ミドリコさん……彼氏いないの？　プッ」

「うわ、ウッザ」

「プププーッ！　ん……？」

　校門に、柄の悪い他校の生徒が数人たむろっている。

「ウワッ。なんだ、あれ？」

「……うぁ、佐山くんみたいなのがいっぱい……」

とはいえ、私は18年間生きてきてこのような風貌《ふうぼう》の方々と縁がない。一度だってカツアゲされたこともないし、声をかけられたこともない。

怖いけど、「まぁ私たちには関係ないよねー☆」「ですよねー」って顔で歩いて、ツンと通り過ぎる、ハズだった。

でも、気づいたら、私たちはその柄の悪い他校の生徒たちに囲まれていた。

一瞬の出来事すぎた。

青ざめる私とミドリコ。

事の発端を確認するために、私たちの行動を巻き戻すと……。

「青春謳歌と言えばさ、あーした天気になぁれー！　とか青春ぽいよね」

私は歩きながら上履きをポーイと蹴り上げた。なんでやったのか、わからない。ミドリコと、とにかくそういうテンションだった。

「青春ぽい！　わかる！　あ――した天気になぁれっ♪」

ミドリコも続いた。

そうしたら、ボスン、とミドリコの上履きが、ミドリコの若干フローラルな（嫌な方面で）臭《にお》いを発してる上履きが、不良集団の誰かの頭に載った。

マジコント。マジ衝撃。

集団は大爆笑、私も爆笑。（ひきつり気味で）

その直後、上履きを載せられた本人が「テメエ！」って私の胸ぐらをつかんできた。

「ギャアアアアアアー!?」

ってか、それやったのミドリコなんですけどー！

「ちょ、ミドリコ、謝って……」

振り返るとミドリコはいなかった。

スタートダッシュで既に遠くにいるミドリコを集団のうちの1人が捕まえた。

「ぎゃーっ、たすけてーっ、シノーっ！」

「先に逃げといてなに言ってんの！」

「ちょっとした冗談じゃないぃい〜」

ずるずると襟首をつかまれ、ミドリコが引き戻されてきた。つかんでいた胸ぐらを離すと、
不良はマジマジと私の顔を覗《のぞ》き込んだ。

それから「コイツじゃね？」「コイツだと思う」と話し合いを始める。

「？？？」

なんだ？

「あの、なにか……」

「朝倉さんってあんた？」

びっくりした。見知らぬ不良が声をかけてきたからではなく、

「朝倉さんってあんた？」

「いえ、違います」

と否定してたことに。

「私、朝倉じゃないっすよ」って。

「否、朝倉！」って。

相手もびっくりしてたけど、自分もびっくりした。

「え、違うの？」

いや、違うかと言われたら違わないんだけど、私の防衛本能が働いたっていうか……！

って……アッ！

こいつ写真を持ってる！　私と写真見比べてやがる！

「いや、でも同じ顔だけど」

「違いますね」

迷わず即答した。

「あれぇ～？……そっか……じゃあ、あんた？」

不良はミドリコを指差した。

「え、違います。朝倉シノですか？　この女です」

大親友である幼馴染ミドリコは、躊躇なく私を指差した。

「アレ……？」

「この女です」

「エ、あれ、ミドリコ……おま、ちょ」

「なに照れてんの？　さっさと挨拶《あいさつ》してきなよ！」

ドーン！　ミドリコが私の背中を押した。不良と目が合う。

「やっぱテメェじゃねぇか！」

「ギャー！」

今度は私がスタートダッシュを決め込んだ。

「アッ！　逃げやがった！」

背後に不良の声を聞きながら、ダッシュで逃げる！　心臓ばくばくばくばく！

（な、なんなんだ。なんなんだろう⁉）

佐山の仲間の不良軍団？　それとも佐山に敵対してる不良軍団？　どっちにしろあれだ！

私は不良とは関わりたくない！　彼氏が不良でも、それとこれとは話が別！

「ちょ……待てっ！」

「ギャアー⁉　追いかけてきたー⁉」

「待って‼」

「ギャーギャー」

逃げ惑う私を不良たちが追いかけてくる。

自慢じゃないけど、私は足だけには自信がある（自慢だ）。小学校、中学校はリレーの選手、私の俊足と勝負したがる男子は数知れず。

高校ではさすがにスピードも落ちてきたけど、それなりに自信があった。

「なんで逃げるんだよ！」

でも、追いつかれた。

「追いかけてくるから逃げました！」

「朝倉ってあんただろ⁉」

「私は確かに朝倉ですけど、あなたの探してる朝倉じゃないです」

自分でもなにを言っているのかわからない。

「いいから来い！」

ヒイー！

公園に連れて行かれ、とにかく恐怖バリバリ、おまたがキュッてなるあの感じ。

公園のベンチにドッカリ座って、中央に陣取っている人物は、目立つスキンヘッドに、鋭い目つき。濃い顎《あご》ひげ。裾《すそ》が長い学ランを着こなし、横幅がでかいその姿は――。

(エー！　ば……番長だ――！　エエー！　こんな人まだこの時代にいるんだ!?)

いや、雰囲気からして番長とかいうレベルじゃない……。ヘッド……！　隊長……！　いや……、ぞくちょう……!?

そう、族長だ！

「ゴッド、佐山の女を連れてきました」
ゴ　ッ　ド　？（神）
やべえー、もう族長とか番長とか通り越して神だった。お祈りしなきゃいけない存在だった。

「おう」

神は私を一瞥《いちべつ》するとこうおっしゃった。

「佐山の女か」

「はい……」

「まあ座れや」

「はい……」

私は神に従った。

「今日はな、佐山のことで話があるんじゃ」

「ああやっぱり……」

佐山関連か……。

(て、なんで佐山関連で私が連れ出されなきゃいけないの！)

私、関係ないじゃん！　彼女だけど、でも関係ないじゃん！　も――、むかつく――！

「どのようなご用件ですか殺さないでください命だけはお助けください」

とは言え、人間建前と本音って大事だと思う。私は立派な低姿勢で応答した。さすが私！

なにより惜しいのは命！　神様に逆らっちゃだめだよ！

「用っちゅーのはな……今からここに佐山、呼び出せや」

「エッ……」

(呼び出し……。ウ、ウワァー。すげぇこれ、不良漫画でよくあるパターンすぎる‼)

「……よ、呼び出しって電話とかで……？」

「そうじゃ。はやくしろや。必ず1人で来いと伝えろ」

コレってアレでしょ、ヒロイン（私）が人質になって、ヒーロー（佐山）が助けに来てくれるんでしょ？　すげぇ典型、すげぇお決まり。

「え、でもあの、ちょっとそれは」

ヒロインである私はもちろん抵抗するよね！　こんな敵対する不良軍団の中に、佐山１人で来させるなんて……。

（私のために佐山を危険な目に遭わせられないっ）

みたいなかんじで、憧《あこが》れの悲劇のヒロインとはそういうものだから！

「できない　です……」

「できないか、そうか……」

「はい……」

「なに余裕ぶっとんじゃ！」

「ヒ――ッ」

神様が雄たけびあげなさった――。

（よ、余裕ぶってるわけじゃないんだけど……！）

でも実際、余裕ぶっていたかもしれない。だって、きっとミドリコが佐山を呼びに行ってくれているはずで、そうしたら佐山１人で来ることはなく、クラスメイトたちと助けに来てくれるはず……。

まぁ、佐山より警察を呼んできてほしいところだけど。

私は意外にも冷静に、時間を稼げば、誰かが助けに来てくれるとは思っていた。

実際、私の予想は的中していた。


「佐山くん――！」

同時刻、ミドリコは走った。

「あれ……朝倉のお友達の……」

「あああのっ、実はあたし逃げてきたんだけど」

「逃げ……？」

訝《いぶか》しげな佐山に、ミドリコは息を切らせながら告げた。

「シノが捕まって」


「だめっ、佐山は絶対呼びませんっ」

悲劇のヒロイン・シノがここに爆誕した。

「いい度胸だな……？　じゃあこう佐山に伝えておけや……」

（ドキドキ）


そして、ゴッドの手が私へと振り下ろされる。

（……ってエエーッ⁉）

人質に手を出すの⁉　これは聞いてませんよ～～！　あ、でもコレもよくあるパターンじゃない？　振り下ろした瞬間、寸前のところでヒーローが現れ……。

バッチ――――ン！

現れなかったー！　殴られたー！　少女漫画のヤツ、どこいったー！

「首あらってまっとけや！　下克上じゃ！」

神はそうおっしゃると、天使たちと共に去っていったのだった。

頬はとても痛かった。


「朝倉！」

もみじマークのできた頬をさすりながら公園をとぼとぼ歩いていたら、佐山が息を切らしながら駆けつけてきてくれた。

「朝倉！　大丈夫か⁉　ミドリコさんから聞いて……！」

「エーンエーン。ちょう痛いっす」

「誰にやられた？」

「神様に」

「知らないよ。あ、でもゴッドとか呼ばれてたよ。ゴッド……ゴッド……ブーッ！」

「名前は？」（スルー）

思わず噴き出す。確かにその場はすっごい怖かったけど、なんとか無事になって冷静に考えると、やっぱりおかしい。
ゴ、ゴッドだよ？　ゴッド。
な、なんで、か、神、なん……？

な、な、なんで、か、神様、名乗ってるん……？

「ひーひー、おかし――。もう涙が出るよ……って……アレ？　佐山？」

大笑いし続ける私の横で、佐山は思いっきり顔をしかめていた。

「佐山ー？　ウヘヘ」

「………」

「あはは、佐山。私べつに気にしてないヨー？」

「俺のせいだよな」

「いやー、そんなこと……」

ヤバイ、佐山は相当ヘコんでいる様子。責任を感じているみたい……。どうしよう……。

ここは私が場を和ませるしかない！

「そんなこと……あるよねー！　あるある、マジ佐山のせいだー！　私、殴られるの初めてだよー。ありえないよねー、佐山と付き合ってからロクなことないわー。あははは」

「な――――!?　こっちがヘコんでりゃ好き勝手言うな!?　おまえ……！」

「ふふふ」

「俺だって朝倉と付き合ってからロクなことねえ！」

「なにさー！　私なんて……」

そんなやりとりを期待していたのに、

「……ごめん」

佐山を余計、ヘコませてしまった。

「やだー。佐山さんらしくないー。いつも元気いっぱいの佐山が私好きだなあ！　ほらほらいつものカッコイイ佐山に戻って！」

「ごめん」

「ちょっと!!　私がここまでフォローしてるんだから元に戻りなよ！　ばーかばーか」

「……おう」

けれど、次の日の朝も、彼はヘコんだままで戻ることはなかった。

「……本当……すまん……」

「……エエー!?　何度目の謝罪!?」

私は腰に手をあてて踏ん反りかえった。

「もー！　殴られたのは私！　いつまでもヘコまないで！」

「俺のせいで殴られたのは事実だろ。責任感じてる」

「気にしないでいいってば――」

などというやりとりを、その日は朝から数十回は繰り返していた。


掃除の時間になっても、佐山は元に戻らなかった。

「……佐山くん気にしてるねぇ」

「そうなんだヨー。気にしないでいいってゆったのにさあー」

クラスメイトのギャルと談笑しながら廊下を、ほうきでサッサッと掃いていく。

「佐山くんって、すごい朝倉さんのこと気遣ってるから、余計にショック大きいのかも」

「エ……気遣い？　佐山が？　どこが？」

「……朝倉さんって、佐山くんが告白したあと、すごくからかわれてたでしょ？」

「うん……」

「あれが止んだのって……、

『朝倉への冷やかし禁止！』

『えぇえ〜〜。そんなこと言われると余計やりたくなっちゃうんだけど』

『……俺としては、できればそっとしておいてやってほしいんだけど』

っていう佐山くんとみんなとのやりとりがあったからなんだよ」

「エッ!?　あれ佐山が言ってくれてたの!?」

「そうだよ。他にも女帝をぶっとばしたりさ……」

「……ぜ、全然気づかなかった……」

「佐山くんて、かっこいいよね」

「ワァ!?　惚れちゃだめだよ」

「わかってるわかってる、私好きな人いるもん〜」

「え——そうなんだ……あはは」

思えば、絶望的だった私の高校3年を楽しくしてくれたのは佐山だ。イジメられてた私を助けてくれたのも佐山、こうやってクラスメイトと普通に喋れるようになったのも、全部佐山のおかげ。

（なのに私、佐山にお礼、今まで一度も言ったことない……）

逆に「ヘコんでないで立ち直りなよっ！　ほんとウザイなぁ！　（ぺっ）」って感じの態度をしていた。最悪すぎる。

（うん……よし！　ちょっと照れくさいけど、佐山にお礼言おう！）

私は急いで教室に戻った。教室に入るとすぐに、異様な空気に気づいた。

バキボキと鳴らされる拳音、振り回される木製バット……。男子一同、戦闘態勢に入っていた。

何ごとー!?　クラスメイトに聞き耳をたててみると、

「ゴッドが……らしい」

「ゴッドの野郎……先輩後輩をわきまえてねえ……」

「ゴッド……調子にのってんな……」

（ゴッドゴッド言ってるー!!　アイツだー！　神様だー！）

「朝倉。今から行ってくる」

「エ、アア、ウン……そう……」

佐山の様子からして、ケンカしに行くようだった。

せっかくお礼言おうと思ったのになー。

(あ、そうだ。帰ってくるまで待ってればいいや)

「ねえねえ佐山——」

「ん？」

「帰ってきたら話あるんだけど」

「……は？」

「佐山が帰ってきたら話あるから。ああー、すごく勇気いるヨ。コレー」

「うわ……話とかなんかプレッシャーなんですが……まあ、急《せ》かさねーので勇気が出たらお願いします」

「うん！」

「俺のほうが聞くのに勇気いるんじゃねーか、コレ……」

「？？？？？」

このとき軽い誤解が生じていることを、私は気づかなかった。

外が真っ暗になるまで、佐山に送り続けたメール。


佐山まだー？　遅いよー。

佐山ー。ばーか。


ばーか。遅いよばーか。


さすがに、運動部も帰宅する頃だ。

「ケンカってこんな時間かかるものなのかな……」

佐山のことだから、ゴッドをさっさと倒して、戻ってきてくれると思ったんだけどな……。

――ガラガラッ!!

大きな音を立てて教室の扉が開いた。

「朝倉、遅くなった、ごめん」

「あ、佐山、遅……」

ギョッ。

佐山はぼろぼろだった。顔は腫《は》れていて血も出ているし、制服のシャツも破けている。

「ちょ……無敵のチャンプがなんでそんなボロボロなの⁉」

「はい、その無敵チャンプですが。負けた‼」

「……エッ⁉」

負けた⁉

「負けたね！　爽快《そうかい》に負けた！」

「ダッサァァァ……」

「ほっとけ！」

「佐山ってばかなのに、ケンカ負けたらもう存在意義が……」

「おまえほんっと俺にメールでもなんでも、ばかばか言いまくってんな！　そこで俺はおまえのばか発言を脳内でカッコイイに変換してみることにした。……なかなか虚《むな》しかった。あんまりアホなことするもんじゃねーな……」

佐山のばかな行動を想像して思わず噴き出した。

「……で？　話ってなんだよ」

「エッ？　いやー、あの、なんかこうゆう改まって！　な雰囲気だと言いにくいとゆーか」

「だから！　なんだよ！　すげー緊張するじゃねぇか。こっちだって！」

「私だって緊張してるもん！」

「だからなんだよ！」

「お礼を言いたかったとゆーか」

「……はっ⁉」

「あのね！」

よし、言うぞ！（すーはーすーはー）

「クラスメイトの子から聞いたの！　私がからかわれてたときに……かばってくれた……ってこと‼」

　2人のあいだに沈黙が落ちる。

「ああ……あのときのアレかー、いや、気にしなくていいんだけど。……などと言ってはみたが、全然覚えてねえ！」

「……あ…ああ…そうだよね、佐山もう忘れてそうだよね……カッコイイから……」

「あー、俺カッコイイもんな、仕方ねーけどさ！」

「あははは……えっと……だから……ううう……嬉しかった、です‼　っていう……。佐山はそんなつもりないだろうケド、守られてる感みたいな……。あのー、だから言いたいことは、つまり――」

「ありがとう――」

ここまで言うのにすごい時間かかった。すごい照れくさかった。

「………」

佐山は崩れ落ちるように、椅子に腰かけた。

「ハ――ッ。なんだよ、そんなことかよ」

「ウン……ってオイ！　そんなこととはなんだよ！　こっちはすごい恥ずかしいんだから！」

ベシィー！　と佐山にバンソウコウを投げつける私。

「ハハ……。ああ……でも、なんか必死に思い出そうとしたら、なに言ったか忘れたけど、そのときの葛藤《かっとう》だけ思い出した。朝倉になにも言われてねーのに、こーいうこと言うのもなー、とか。これでクラスメイトと朝倉がギクシャクしたらどうすっかなー、とか。子供のケンカに親が出るみたいだなー、とか……。まあ、いいほうに転んで良かった」

「ウン……、ほんとにありがと！　嬉しかった！」

「それはなにより」

目が合うと、恥ずかしそうにお互い笑い合った。

「……それでですね。ケンカの前に話あるって聞いてただろ。俺、さっきも言ったけど、そのこと全然忘れてたし、まさかこんな報告とは思わなかったし。ものすげーいろいろ考えてた。今思うと俺の想像力豊かさっぷりに自分でビビるんだが」

「？」

「軽く挙げると……、

【1】朝倉に好きな男ができた（俺と付き合ってるとロクなことがないって言ってたし）。

【2】実は男（納得できそうな気がする、体力面で）。

【3】精神的な病気してる。

【4】風俗で働いている（金がなくて）。

……はぁ……。そんな感じでいろいろ考えてケンカしたから、やっぱ負けたわ」

「――負けたの私のせいじゃん！」

「あー、別に責任感じるなよ。恋愛とケンカで切り替え上手くできなかった俺が悪い。あー
あ、親が危篤でも勝つ自信あったんだけどな」

「……責任感じるよ！　感じるけど！……」

ああ…でも…なんだろう……。

「私のことで佐山がケンカに集中できなくなったのは、ちょっとだけ嬉しい……」

なんて……。

「……うん、いい機会だから言っとくわ」

佐山が、私を強く抱き寄せた。

「多分な、俺、おまえの予想以上にカッコ悪いし、頼りないし、朝倉のこと好きだと思う」

！！！！！

「大事にするって最初に言ったせいもあるんだけど、大事にしすぎて朝倉とどう接していいかわかんねーこともあるし。朝倉がイヤなことはしたくないし、辛《つら》そうなのも見たくない」

「佐山……」

ああああ——。やっぱりだ——。お昼ごはん一緒に食べてくれたり、女帝倒してくれたり、いろいろと気を遣ってくれてたというか、守ってくれてたんだなあああ……。

「……ワ——も——……大事にしてくれてるってのは気づいてました……！　そりゃ気づくよ！」

「……だから、うん。なんだろうな。これからもよろしくお願いします、んで、できれば……あー、………。…………」

？　できれば？

「………。やめた！　今のなし!!」

「エー!?」

「あーあー、最近雨多くなってきたなあー。あしたも雨降らねーといいな！」

「なにそれ！　最後までゆってよ！　だから負けるんだヨ！」

「うるさいわ!?　これ以上聞くと、やっぱ責任とってもらうことにするからな！」

「責任って……エッ!?　まさか体で……!?」

「アホか！　いやまぁ、それもありだが」

「しね！」

最後までテレテレの2人だった。

「じゃ、リベンジっつーことで、今度こそ見てろよ、朝倉」

「ウワー、ハズカシイヨー。青春謳歌しすぎてる私」

例の公園で、佐山と神様&天使たちが、向かい合っていた。

「1対1の勝負じゃ！」

神様がそうおっしゃった。

「エー、結局1対1なの。だったらこの間、佐山に電話すればよかった。殴られ損じゃん、私」

「仇《かたき》とってきてやるから、そう怒んなって！」

「わかった。フルボッコにしてきてね」

「おう、他には？」

「……他？……特にないよ！」

「怖い思いしたんだから、きっちり注文つけとけ」

「エー…エ——ト、じゃあフルボッコにしたあと全裸で土下座させて穴という穴にロウソクつっこんで、写真とってバラまいてイイ？」

「……いやそれは……ちょっと……」

「冗談だよ」

「………………………、おまえのほうがコエーんじゃねぇの……」

　って佐山が言ったから、思わずタックルドーンとしたところでそれを合図に、ケンカが始まった。

4章　エッチまでのあれこれ

「佐山ー。授業始まるよ。移動しよーよ」

「わりー、朝倉。先行っててくれ」

今の生活にも慣れ、晴れて学校が（ようやく）楽しくなってきた頃、クラスの女の子に言われた。

「2人って、みんなの前だけでは苗字《みょうじ》で呼び合ってるの？」

「エ！　ううん。ずっと苗字だけど」

「あ、そうなんだぁ！　2人っきりのときは、名前で呼んでるのかな、って思ってた」

な、なまえ……。言われてみれば、私はずっと「佐山」、佐山は「朝倉」と呼び合っている。元々の関係が関係だから仕方ないと思うけど……。

今さら「ケイジ」「シノ」なんて、ハズッ……無理！

「呼び方、変える？」

佐山が唐突に言い出した。

「な、なんで……？」

「さっき友達に言われてさ。そういや俺たち苗字で呼び合ってるなって……」

「あ――、うん。私も言われたよ」

「俺としては別にいいだろ、今さらだし……って思ったんだけど、『壁感じる〜』って言われてさ」

「か、壁なんて私は感じないヨー……」

「俺も感じません」

「だよね」

「ですよね」

……。

「おまえが嫌じゃなきゃ呼んでみようかと思うんだが！」

「……エエー！」

少しの沈黙の後、佐山が唐突に切り出した。ちらりと見ると、目が合ったので、速攻、そらした。

「……いやなんか……」

きゅ、究極に恥ずかしい思いをしそうだけど……。

「あの……。嫌じゃないです。むしろ嬉しいです……」

ごにょごにょ……。いやだって、嬉しいよね⁉　実は、私もちょっとは「名前で呼んでほしいなー」なんて思っていたりもしていた。

「あー、じゃあ……」

コホン、と佐山が一息ついて、

「シノ」

呼んだ。一気に顔の温度が上昇する。

「……ギャアアア⁉　やっぱりだめ！」

想像以上に恥ずかしい。

「呼んでいいって言ったじゃねーか！」

「ワ――！　だめだヤバイ！　やっぱ禁止‼　これすごく恥ずかしい恥ずかしい」

「シノ。アレ……意外に呼んでみると普通だな。シノ、シノ、シノ」

「やだやだ。私は普通じゃないの！　ああ――、いやだいやだ」

「嫌がってる朝倉見るのも面白いな。シノ、シノ、シノ」

「アアア――。なにも聞こえない、なにも聞こえない。ばかばか」

「よし！　じゃ、朝倉も俺のこと呼んでみろよ」

「エエ⁉」

〝ケイジ〟と名前で呼べというのか。

「アアア――……。じゃあ……エエ――、け、ケ……」

「おう」

「ケイ……ケイくん」

「ブッフ！　余計こそばゆいわ！」

「だって名前呼び捨てとか恥ずかしくて……死ねる！」

「慣れろ‼　俺も慣れる！」

「ウウ〜〜……」

　こんなの……、こんなの……！

「こんなの……生き地獄だよ……！」

「そこまで⁉　そこまで俺の名前呼ぶの、抵抗あるの⁉」

「うるさいよ、ばか！　ワ――」

　それくらい恥ずかしかった私は、ついに逃げ出したのだった。

　高校3年生、クラスでは結構ハブ率が高かったけど、他クラスに高1、高2で培ってきた友達はいた。

　その中に特に仲の良い男の子もいた。彼の名前は歴史的に有名な苗字で、「徳川《とくがわ》」といった。

廊下ですれ違うと、

「オッス！　徳川ー。オラ、シノ！」

「あ、悟空なシノちゃん、今日も元気にハブられてる？」

的な挨拶を交わすような関係だった。

「シノちゃんは佐山くんとはイチャイチャベタベタやってるの？」

「え!?　佐山と付き合ってること言ったっけ？」

「バカだなあ。もうみんな知ってるよ……ほら、あの告白」

そうだった。

「僕の胸には、あの告白がいつまでも残ってるよ」

「忘れてよ！　あれは忘れてよ！」

「なんて眩《まぶ》しいんだ、シノちゃん……」

「ヤダヤダ、忘れて忘れて!!　そうだ、遊ぼうよ！　今から」

あまりに恥ずかしいので、強引な話題の切り替えを試みた。

「……遊ぶの？　今から？」

「うん！」

「よし、もてあそんでやろう」

「意味が違う!!」

徳川くんと相変わらずなやりとりをしている最中、たまたま近くを佐山が通りかかった。

「……あ、佐山〜!」

佐山に向かって、笑顔で手を振ったのに、彼は私の存在を気にせず、スタスタと無表情で歩いて行った。

「……アレ……?」

ひょっとして無視された?　今?

「……うわ——。シノちゃんがハブられてる現場目撃しちゃった」

「あははは……」

って、洒落《しゃれ》にならない。

「ごめん、徳川くん、また後で!!」

「うん、じゃーね」

「待って佐山ー!　どうしたのー!」

私は慌てて佐山を追いかけた。

「佐山ー?　佐山ー、佐山さんんん!!」

何度か呼びかけると、佐山はようやく立ち止まり、くるりと振り返った。

「……今気づいた。割と女々しいですね、俺。やばい」

「え？」

なに……？

「もしかして妬《や》いた？」

「……。……妬いてねーです」

「……妬いたよねー？」

「妬いてねー！」

きゅん……なに……？　この胸に高鳴る……優・越・感・は!!

あの佐山が、学内所狭しとモテて、人気者の、あの1軍の佐山が、教室でハブられているような3軍女の私に妬いた!!

オーホホホ、なんて気分がいいんでしょー。

「いつも私がヤキモキしてたから気分爽快ー！」

「おまえも大概、いやな女だな……！」

「えぇ〜〜？　そんなことないよぉ」

「朝倉ってアレか。たいてい男子には、あんな感じ？」

「エー……まぁ、そうかもー」

「フーン……。俺だけじゃねーのな、ああゆう風に接すんの」

「ニヤニヤ」

「ニヤニヤするんじゃねぇ！」

怒られても気にしない。

「うふふー、私と徳川くんが仲が良いのが気に食わないんでしょー、佐山」

「違うわ！ いや違わないけど、なんつーか！」

私をジッと見つめ、

「？ なんつーか……？」

「俺たちって、まだ不安要素たくさんあるだろ」

突然おそろしいことを言われ、顔が青ざめる。

「ふ、不安要素!? なにそれ、あるの!?」

「ああ……いや、俺の勝手な不安要素かもしれない」

「ちょ……！ なに？ 言って！」

「まだ朝倉を、どこかで彼女として認識してない俺もいる」

口をぱくぱくする。

「ひどい！」

「違う！　待て！　誤解するな！」

「してないけど、ひどい！」

「違う!!　あ――、つまり！　彼女なんだけど、まだ友達の延長線上みたいなところも俺たちはあるだろ。多分」

「ウン……？」

「だから……！　朝倉が俺に対するみたいな態度で接する男がいると、不安になる……。他の男と変わらない存在だな、俺は、っていう……要は俺の片思いだ！　あ――、これ以上は女々しいからやめとく！」

　一気に吐き出すと、佐山は背を向けた。

「佐山……」

　佐山の背中を見つめながら、私は、

「やっぱ妬いてたんだね」

　優越感たっぷりにフフフと笑う。

「違う!!」

　フフフ。

（だけど……）

　私は……、佐山だけにしか見せない私の顔はある、と勝手に思っていた。でも、佐山からすれば、佐山は私に〝だけ〟やってくれることがあるのに、私は佐山に〝だけ〟なにかするってことがないのかもしれない……。

「じゃあさー。エッチとかしちゃったら不安要素取り除かれるのかな☆」

　冗談で言ってみた。

「アホか！」

「エーだって。佐山にだけ、じゃん」

「そうゆう意味で言ったんじゃねぇ……つーか、女がそうゆうこと言うなよ！」

　フフ、硬派なやつめ。

「……まぁ、でも」

「ん？」

「朝倉をどうかしたいときも男にはある」

「…………」

「うん。察しろ」

「…………」

　そう言って佐山はそっぽを向いた。私はこのとき、冗談でもなんでもなく自然と、

「……別にいいよ……」

　って言っていた。

　佐山は「は？」って顔して、ポカンとしていた。

「え？　あ……」

（アレ……、私……。とんでもないこと言っている⁉）

「いや、だから……つまり、そう……」

（やべ――、ごまかさなきゃ、ごまかさなきゃ……）

「佐山の家に行ってあげてもいいよ！」

「は？」

「だからさー、佐山の家に行くなら特別じゃん……？？」

（ごまかせた⁉　私ごまかせた、コレー⁉）

「…………」

　ドキドキ。

「……というかな‼　別に家にくるのは全然構わねーんだが、この状況で、俺の家に行くとか言うのは少しは遠慮しろ！」

「エ――、そこは佐山くんは普通の男とは違うよね、みたいな信頼の証《あかし》です、喜べ！」

（ヨッシャー！　ごまかせたぞー！）

「そうか。俺は信頼されてるのか」

「……うん……」

「そこまで言うなら、番犬のつもりで迎えよう……」

「う、うん……」

「……後でヘタレとか言うんじゃねえぞ！　言ったら全力でデコピンしてやる。半殺しにする勢いで」

「アハハ」

（よかったよかったー）

「でも、さすがにそうゆう雰囲気になったのに手を出さないのはちょっと……」

（って……、アレ？）

「………あー、わかった。なんとなくおまえが読めてきたぞ」

「え？」

「朝倉の了解得たんで、そーいう雰囲気になったら遠慮なく手を出すことにしよう」

「エ!?……違う！　違うよ！　私は一般論言っただけで……!!」

「俺は野獣でエロいからなー！　あーもうなんか開き直ったわ!!」

「違う！　違う！　違う！」

（なんかまるでこれじゃあ……）

「覚悟しとけよ」

「覚悟って……！！」

まるで、私がやりたがってるみたいじゃん！


実は、私処女だったんです。

「このままじゃヤラハタだ……！」（※やらずにハタチ）的な空気は常に流れてるんです。全身まとってるんです。

友達も次々と卒業していくし……。クラスの女子なんて間違いなく、みんな貫通《かんつう》済み。経験が一度もないのに、

「彼氏が下手でさァ……」

「そうだよねー、下手な男ってやだよねー」

とか、知らないのに努力して話を合わせていた。

佐山にだって、

「最初の彼氏は……高1のときかな。他校だよ」

って、言ってみたり。

（いねーっつーの。おまえが初彼だっつーの）

「初体験は……そのときかな」

（みえっぱりー。私のみえっぱりー。ばかー。えーん）

今さら……今さら……。『ゴメーン実は私、処女なんだよね』

佐山に言えない……。

『ゴメーン彼氏もキスも佐山が初めてなんだよね』

なんて言えない、絶対に言えない……。

しかし、時は訪れるのである。

「さっき家に朝倉連れてくって電話しといたんで、そろそろ覚悟決めとけよー」

「……でえええええええええ!?　マジで!?」

「おー」

「そんなに……そんなに私としたいの……？」

「つか、相当面倒なことになりそうな気がしてきた。俺のほうも覚悟が要りそうです。うちのババアの浮かれようが恐ろしい」

そうか……佐山家に行くということは、佐山のお母さんへご挨拶もしなければ、なんだ。

（き、緊張する）

佐山の家に行くことが決まってから、私は授業中、ずっとソワソワしていた。こういうのって、雰囲気で雪崩れ込むものだと思っていたけど、まさか、「放課後やろうね」「ウン」みたいな約束を取りつけるとは思わなかった。

いや、そもそも『え　っ　ち　』って……なにするの？

いや……行為はわかる！　手順がわからない。佐山にばれないためにも、知識はほしい！

そこで私は、ミドリコになけなしのプライドを捨てて聞いた。

「じ、実は、私……」

「ん？」

「今まで『ヤッたことあるー』みたいなこと言ってたけど。

あれ全部ウソで、実は処女なんだよね!!　だから、えっちっちーのやり方教えてほしいなあ」

（ドーン。さぁ言ったぞ！）

ミドリコは、「はぁ!?　そうだったの!?」と怒るかもしれないけど、佐山にばれないならいいのだ。

　さぁ！　教えてくれ、親友よ！

「あはあは、なに今さらウソとか言ってんのー（笑）。今頃カマトトぶっても無駄だよ〜。シノはヤリマンってわけじゃないんだから、自信もって佐山くんとやってきなって！」

（アッレー！　信じてねー！　狼少年の気分ー！）

「いやホン……」

「すごいドキドキするね！　これで2人も本当のカップルって感じ〜」

「違く……」

「まさか緊張してるの？　佐山くん慣れてそうだし、大丈夫だよ」

「う、……うん……ありがとう」

（無理ー！　誰かー!!　ヘルプミ――――！）

　そうこうしているうちに放課後になった。

（終わったー。情報収集してねー、処女は鼻の穴に大根を入れるくらい痛いとかいう情報しかしらねー）

「なあ……朝倉」

　帰り仕度をしながら、佐山が呟くように言った。

「別に無理しなくてもいーけど」

（佐山……）

「だ、大丈夫。慣れてるから」

（アレ？）

「そっか、俺より経験豊富なんじゃないか、朝倉って」

「あはは、か、かもねー」

（終わった――）

「わ――」

佐山の家は、きれいな外観の洋風の一戸建てだった。窓から見えるカーテンもフリルがあしらわれていたりと、かわいらしかった。

「すごーい！　きれいきれいー！」

「親父は仕事で、母親は友達と買い物に出かけてると思う」

佐山と2人っきりという事実にほころぶ。

「なんだぁ、いきなし挨拶かと思って緊張しちゃったよ」

さっきまでの不安な気持ちをすっかり忘れて、るんるん気分で佐山宅にあがる。

佐山の部屋は、「男の子の部屋は散らかってるのかな？　うふふ」という私の妄想を覆したくらい、きれいに片付けられ、すっきりとしていた。

「エロ本ないの？　エロ本‼」

「そうくると思って全部片付けておいた。ぬかりはねー」

「つまんな――い」

なんて軽口を叩いてはいるけど、実は。

(あはあ……ああ……。どうしよう……！　ここまでワッショイワッショイ！　なテンションを維持してきたけど、もう限界ー)

何気に緊張で汗びっしょり、なんで私はこうみえっぱりなんだろう。

「……………」

「……………」

お互い意識してるのか、沈黙が続く。

(言わなきゃ、処女であることを……‼　処女じゃない演技なんて無理だああ……！)

私は沈黙に耐えられず、ついに、言った。

「さ、佐山っ」

「ん？」

「わ、私……」

（処女なんだよね！）

「私を犯したいの？？？」

（アッレエエエ――。しかも「犯す」とかよほどのときくらいしか出ない単語がなぜか出てきた！）

「ブッフ!!」

「あ！　違う！　じゃなくて……」

そう!!

「私……を、犯している？？？」（なぜか進行形）

緊張しすぎてムチャクチャなことばかり口から出てくる。

「まだ犯してねーよ！」

「まだって、なに『これから犯すぜ！』みたいな宣言してんの……！　ヒイイー汚らわしい……！」

「汚らわしい!?　お前よくそんな単語さっきから思いつくな？」

「だって!!　緊張しちゃって！」

「あああ――――」

どっさりとベッドに押し倒される私。

押し倒す佐山。

「雰囲気つくってからとかいろいろ考えてたけど、お前相手だと無理だ！」

「わああー………む、無理じゃない！　がんばって佐山！」

「努力はした!!」

「どこが……!!」

そうこうしているうちに、ひどく滑稽《こっけい》な時間は訪れた。

最初にキス。何度もキス。

（どうしようどうしようどうしよう）

首筋にもキスされる。

（キス地獄だぁぁあ）

と考えているうちは、まだ余裕があった。

とうとう、佐山の手が私の胸にのびる。

「ま……」

あたま、真っ白である。

「待って!!　まってまってまって!!」

私は佐山の体を必死に押した。

「お……お前、この状態で待たせるとか鬼か⁉　俺に死ねと⁉」

「ち、ち、違う‼」

「なにが⁉」

「だから！」


「私、初めてなの……‼」

……言った。ついに言った！　私なりの意地もプライドもすべて捨てて言った。

「朝倉……」

「佐山……」

「……なにが？」

「なにが！」

（エ――――⁉　なにが？　とか聞いちゃう？　そこは乙女心を察してほしい！）

「だから、………処女なんですけど」

「…………」

「俺の記憶が正しければ……。

朝倉さん、『慣れてる』とか『初体験は高1』とか言ってませんでしたっけ」

「あれは全部、う・そ」

ここで私の逆切れが始まった。

「なに!! いいじゃん、仕方ないでしょ! 私なりに恥ずかしかったんだから!」

「経験ないのもかわいいでしょ!」

「世の中には処女信仰の男性もいるんだからお得だと思いなさいよ!」

「むしろ喜べ!」

矢継ぎ早にギャーピーギャー――ピ――、苦し紛れの言葉を吐き続けた。

「まー…………いいよ、それは」

「よくない!」

(ってあれ…? 反応うすくない?)

結構自分なりのカミングアウトというか、がんばって告白したのに、佐山はさほど驚いていないようだった。

「むしろ、俺が最初の相手でいいんですか、って感じですが」

エッ……!

「……佐山……。いつからそんなネガティブっつーか……、ヘタレに……?」

「ヘタレとか言うな」

「佐山かわいい」

「だから、かわいい言うなっつってんだろうがあああ！」

……。

「……あー？　いや、朝倉からは初めて言われたような気もするが。なんか最近ヘタレとかかわいいとかそういう不名誉な形容詞しか聞いてないんでな……」

後日わかったことだけど、いまだ私とそういう関係になってないことに、仲のいい友人たちに「ヘタレ！」と散々からかわれたらしい。

「何でだ。否定するからよくないのか。でも肯定もしたくねーぞ、コレ」

「ウケル。かわいすぎる」

「だーかーら――」

……。

「まぁ、あとでいいか、それは」

「うん」

もう一度キス。

さっきと同じように押し倒されるけど、今度は抵抗はしない。

「あ――――シノ」

「………え？」

（今名前で呼んだ……？）

「シノ」

「……えええ⁉　な、なにいきなり！」

「いや、名前呼ぶと怯《ひる》むのがおもしれーと思って」

「オィィイイ、この雰囲気でそうゆうことやっちゃう⁉」

「雰囲気づくりの一環だ」

「どこが――」

と文句言おうと口を開きかけたら、強引に塞《ふさ》がれた。

「……」

（アレ、これっていわゆるディー……）

……ギャアア――⁉　とうとうオトナのチュウ。

初めての体験に緊張はマックスだった。

（もうこうなったら全部佐山にまかせよう……！）

丁寧に外されていくシャツのボタン。スカートで覆っていた太ももが露になり――。

「――アッ⁉　そういえば、あえぎ声って出すべき？」

「頼むから朝倉さんは、空気とか雰囲気とか読んでください」

「だって気になるじゃん……！」

「まー、わざと出すな」

「じゃあ、どのタイミングで声をだ……」

「つーか、もう喋んな！」

　またしても、強引に塞がれる。

「うぅ」

　くちびるの隙間から漏れた吐息だけで、雰囲気をつくるのには十分だった。

「ウワー。恥ずかしいこの空気!!　終わってる!!」

　さらには私の『恥ずかしい！　キャッ！』っていう反応が、余計に佐山を喜ばせたらしく……。

「朝倉もかわいいとこあるなー」

「ウゥゥ……！　ばかー、ばかばか――」

「この状況で、ばか呼ばわりは、逆にそそらせるぞ。覚えとけ」

「エェェ……!!」

　――知識だけは、ある。

(今の佐山の行為はアレだ。ほら。前……なんちゃら……。これが終わったらアレだ、アレがソレで入るんだよね。エッ……入るの？　鼻の穴に大根入れるレベルとか無謀じゃない？　無理じゃない？)

「無理だよ！」

「なにが⁉　おまえ本気で唐突だな⁉」

「……エ？　なに？　まず指入れるの？」

最初からつっこむと思った私は、処女っぷりを惜しみなく披露してしまう。

「広げないと入らねーよ」

わりと冷静な、佐山の指がついに侵入してきた。

「……って、痛い！」

激痛だった。

「爪切ってるけど足りない？　切る？」

佐山が段々焦り始める。

「いいよいいよ、深爪するよ。切らないでいいよ！　痛い！」

私は先をせかした。

「やめとくか？」

佐山がさらに焦る。

「いいよ。やってよ！　はやく！　はやく！」

佐山の気遣いをよそに、私はせかしまくる。

「無理すんなよ？　大丈夫？　痛かったら言えよ？　痛い？」

佐山は気味悪いくらい心配してくる。

「どうでもいい！　はやく！」

私は叫んだ。

「……じゃあ指じゃなくて……入れるからな」

「うん！」

（ついにキター！）

「あ——と、ゴム……」

「エッ！　なに！　なんでそんな手際よくゴムをお持ちなの？　まさかエリカちゃんのときの……！」

「……」

ノーコメントの佐山。

「ひどい‼　そうやって無視をして！」

この雰囲気でキレる朝倉さんを、

「わかったわかった」

なだめるようキスをする佐山くん。

「てことで、入れるぞ」

「うん！」

……。

…………。

「ギャアアアア――――！　痛くて無理ー！」

「無理？」

「無理無理無理無理！」

「落ち着け！」

「ウワ――ン！　痛いぃいいい！」

私は絶叫した。

「はいった⁉　はいったの⁉」

暴れる。

「はいったから落ち着け！」

抑える。

「いたいよーいたいよ――」

泣く。

「やめる？　やめる？」

またしても、気持ち悪いくらい心配する佐山。

「うまれるぅぅぅぅ」

出産ごっこ。

「やめる？　やめる？」

きもいくらい心配する佐山。

「やめない！　はやく終わらせて！」

謎のプレッシャーを与える私。

（あああああ、もっとこうさぁ！　少女漫画だとロマンチックな雰囲気のはずなのにさぁ！）

今の私、ぜんぜん少女漫画と違う、少女漫画の主人公とは違う意味で涙している。

そうしているうちに、段々と佐山の息遣いが荒くなり、そこはかとなく痛みにも慣れてきた私は、思わず声を漏らした。

「？……ギャア！　今出た！　あえぎ声！　思わず！　ウッカリ！」

「出たな」

「エエエ――。恥ずかしい！　しにたい」

「感じてくれてるなら、俺としては嬉し……」

「感じない。痛い」

　即答しすぎた。

「そうですか……」

「ねぇねぇ佐山……」

「ん？」

「佐山は気持ちいいの？」

「気持ちいいよ」

「へー」

（へー……、へェ……。そっか……、気持ちいいんだぁ）

「私は痛いよ」

「……すいません」

（ああ……）

この男女の温度差……。もっと……少女漫画のような……初体験にした……かった……。
(ガクッ)
「血出ると思ったら出なかったね!!」

無事に行為が終われば、安堵からテンションが高くなる。

「あー、そうだな」

「佐山はなんでひかないの？　私が処女だったことに」

「いや、つーか……」

「なになに？」

「俺は汚らわしかったですか？

……イジメみたいな質問だな、コレ」

「佐山……」

(ア……。気にしてたんだ……)

「そんなの……言わないでもわかるでしょ……？」

「朝倉……」

溜め込んだ言葉を一気に吐き出した。

「汚らわしいよ！」

ドゥーン！

「……嘘。嘘でーす！　ヤーイ、ひっかかった、プー！」

「……。お前はほんっとーに俺をイライラさせる女だな！」

「うん！　エヘヘ」

「しかも、俺が朝倉のそーいうとこが、嫌いでないとこが、また腹が立つ……」

その言葉に、きゅんとする。

「……ね、ねぇねぇ……」

「なんだよ、痛む？」

「ケッ……」

「ケッ!?　舌打ち!?」

「じゃなくて！　ケ、ケイジ……」

名前を呼んでみる。

「ケイジ……」

言ってみたはいいものの、恥ずかしい……。

急いで布団にもぐりこむ。

「ギャー！　恥ずかしい!!　やっぱり恥ずかしい！」

もぐりこんだ布団から顔半分だけ出して、見上げると佐山も顔が赤くなっているような気がした。

「……佐山、照れてる……？」

「照れてねぇ！」

「うそだ！」

「うそじゃねー！　つーわけで、朝倉さん。もっかい言ってみようか」

「え？　無理」

「1回言えたらわりと何度も言えるはずだ。言ってみろ」

「えええ――――、無理！　無理だよ、ばか。くそくらえだ」

「くそですか。そうですか」

「そう……」

そうだよ、といつもの憎まれ口を叩きこもうとしたところで、佐山の体が覆いかぶさってきた。

「うわ、ちょ……」

抵抗しようとすると手首をつかまれ、佐山はニヤリと意地悪な笑みを浮かべた。重なる唇に、戸惑いながらも――結局、すんなり受け入れてしまう。

「……ウワ――、私、ふしだらな女になってしもうた」

「空気を読め!!」

(――だってこの空気が恥ずかしいから言っちゃうんだもん!)

っていうセリフは、余計佐山を喜ばせそうだったから、言うのはやめた。

5章　他所の恋愛事情

高校で私と一番仲が良い男子は徳川くんだ。柔らかい栗色の髪に、整った目鼻立ち。雰囲気どおりの優しい瞳《ひとみ》。常に柔和な笑みを浮かべ、社交性が飛びぬけて高く、かなり目立つ男の子だった。

当時の私の中では男の子の派閥を（勝手に）３つに分けていた。

【１】おしゃれ・スポーツ軍団

【２】不良＆ギャル男連合

【３】教室の隅　他

佐山ケイジは、【１】【２】どっちとも仲良かったけど、【３】「教室の隅　他」側とはいっさい仲良くなかった。

一方、徳川くんは違った。人を選ばず誰とでも仲が良く、スーパー社交的だったから、私のような女の子も仲良くなれたのだと思う。

「あたし、徳川くん好きなんだよね」

「へー」

幼馴染のミドリコは徳川くんを気に入っているようだった。

「シノさ、徳川くんと仲いいから協力して！　よろしく！」

「ＯＫ、ＯＫ」

　徳川くんはこんな感じで女子ウケもよかった。

「シノちゃん、おはよ〜最近は佐山くんとどうなのー？」

「アッ！　徳川くん聞いて！　実はね！」

「？　なになに？　どうしたの、シノちゃん？」

「……ここじゃ話せないっていうか……、隅っこまできて！」

　私は手招きして徳川くんを誘い出した。

「デへへ。あのね、徳川くんには言っとこうと思って。実は佐山のことなんだけど、この間、とうとう……」

「まさか……」

「そう！　とうとう名前で呼び合うことになりました〜！　ワーパチパチ」

「…………なまえ？」

「徳川くんにはノロけておきたくて」

「うわー、出た出た――!!」

「うるさい！　のろけられろ！」

「あはは。……だけ？」

「えっ？」

「他になにもなかったの？　大人の階段のぼったとかさ」

言われて、顔が真っ赤になる。

「き……キイィイー！　なんでわかったの！」

「わっ、ホント？」

「エ！　なに！　引っ掛け？」

「うわー。とうとうシノちゃんが少女じゃなくなった」

「その言い方、きもいよ！」

「ウフフ」

「ふふふ」

「そう言えばもうすぐ文化祭だね～。シノちゃんはなにやるの？」

「わかんない。喫茶とか鍋とかやるんじゃないかな」

「そっかー。僕は部活もあるからいろいろ掛け持ちするのあるんだけどさ……」

普段どおり、本当にたわいもない徳川くんとの会話をじっと聞いていた女子がいた。

「あの……！　朝倉さん」

同じクラスのギャルの子だ。徳川くんとバイバイして、その子のほうに向かう。

「？？　なになにー」

「うん……えっと……」

我がクラスの女子といえば、ギャルばっかり。

教室を飛び交うコンドーム、机の上に載るのは教科書ではなく化粧品……見渡せば見渡すほど、「おまえらほんとに私と同じ女子高生というやつですかー！　女としてのレベル違いすぎるんですけど……」と心から思う。

「あのね……」

その子も例外ではなく、濃い化粧に不自然なほど黒染めされているロングヘアー。ちっちゃい背に、細いツリ目……、かぐや姫っぽい容姿の彼女は、友達から「カグヤ」と呼ばれていた。

「徳川くんって彼女いるのかな……？」

「え……」

（ま、まさか……）

このカグヤちゃんは、以前に掃除の時間に私をはげましてくれたギャルだ。ケイジがどれだけ私のことを大切にしてくれているかを教えてくれて、

『佐山くんて、かっこいいよね！』

『ワァ!? 惚れちゃだめだよ!!』

『わかってるわかってる、私好きな人いるもん〜』

なんて会話をしたけど、まさかその好きな人っていうのが……。

「と、徳川くんのこと好きなの？」

「う、うん……」

「わ――――」

意外だった。ギャルの子はみんなギャル男とくっつくと思ってた！

「へーそうなんだー」

徳川のやつ、モテるなあ！　この間もミドリコが、好きって言ってたし……って、アレ？

「今度、徳川くん、私と朝倉さん、佐山くんで、４人で遊べたりしないかな？　利用してるみたいですごく申し訳ないんだけど……っ」

「え、えっと……」

ミドリコとのやりとりを思い出した。たしか、徳川くんとのことを「協力する」って言った気がする。

(ま、まァあいつはいいか☆)

「わかった！　４人で遊ぶ件については、ケイジにきいてみるね！」

「う、うん。あと、さっき2人の話聞いちゃったんだけど……」

「あ……」

(わ、私が処女を脱した話のことだよね……!)

「いいいい……いいよ、あはは！　別に聞かれると困る話じゃないし！　アハハハハ」

「と、徳川くんは朝倉さんが『少女じゃなくなった』ことにひいてたよね？」

「え？　ひいてたの、あれ？」

「処女じゃなきゃイヤ、ってことなのかな、あれ」

「さ、さぁ……？」

「お願い……！」

カグヤちゃんが私の手を握った。

「私がまだ一度も男の人と付き合ったことがないっていう設定にしてくれる？」

(エー!!)

「いや、そこまでしなくてもいいんじゃ……」

「ううん、お願い！　私、まだ経験がないってことにしてほしいの!!」

私は処女じゃないことを佐山に散々アピールしたのに、カグヤちゃんは処女であることにしたいらしい。

「お願い！」

「は、はい」

あまりの気迫に頷くしかない。

「ほんと!?……ありがとう朝倉さんっ！　私、がんばるね！」

握った手をぶんぶん振りまわして、満面の笑みを浮かべて、カグヤちゃんは去って行った。

「……処女って恥ずかしくないのかなぁ？　私は恥ずかしかったけど」

「あんた、マジ処女だったの？」

背後から声がすると、いつの間にかミドリコの姿があった。

「うわ、びっくりした！　いつからそこに！」

「さっきからよ！　さっきから！　ねえ、そんなことよりカグヤさんって徳川くん好きなの？」

「まぁ、そうみたいだね」

「……シノ」

「……なに？」

嫌な予感がする……。

「もちろん私の応援しなさいよ！」

「エ〜」

「エ〜って当たり前でしょ——！　親友でしょ！」

「エ——、今まで私を散々見捨てておいて今さら」

「それとこれとは別」

フン！　と荒い鼻息と、ドスンドスン大きな足音をたてて、ミドリコが歩いて行く。

こうして、カグヤちゃんとミドリコの徳川くんをめぐる恋愛バトルの火蓋《ひぶた》が切られたのだった。


「うちのクラスの出し物は、サファリパークでーす！」

元気一杯の掛け声とともに文化祭の準備が始まった。

「高校生活最後の文化祭の感想を一言でまとめてくださいっ」

と聞かれたら、私は即座にこう答えるだろう。

「アウェーでした」

うちのクラスの文化祭への情熱は半端なかった。みんなすごいやる気で、彼氏の佐山ケイジくんもそれは楽しそうだった。

　私、朝倉シノは、まじめなよいこちゃんなので準備はしっかりします。がんばります。でも、ポツゥーン……。みんなが盛り上がってるところを、なぜか1人ポツーンと準備をしている。

（なに、この半端ない疎外感……！）

　いつもならポツゥーン……の私と一緒に行動してくれるケイジも文化祭の準備が楽しくて仕方がないようで、私の存在を忘れている。

「シノ、わりー！　横田と買い物行くから、先帰っててくれ」

「う、うん」

「明日は文化祭の準備するから、シノは友達と昼……」

「はーい。わかったー」

「しばらくは文化祭に集中しよう。終わったらまた遊ぼうな！」

「ＯＫ、ＯＫ」

　といった感じで、そんなポツーンな私にクラスメイトが声をかけてきた。

「朝倉さんがんばろうね！　ギャハハ」

「う、うん。なんか、すげーアウェーだけど、がんばる」

「ちょっとぉ、アタシが話しかけてあげてるのに、アウェーなんて言わないでよ」

「あ、ごめん。ありがとう」

あげてるって！

（アッウェ――ぃ！　ひゃっほ――！）

もうヤダー！　やっぱりこのクラス嫌いー！

「シノちゃん、シノちゃん」

そんなときにタイミングよく声をかけてきてくれた徳川くんのもとに、ワァァァ――と逃げこむ。

「このクラス、アウェーすぎるんですけど！」

「あははシノちゃん、ほんっと1人だよねー。笑った」

「みじんも笑えんわ……！」

「よしよし」

「で……どうしたの？」

「うん、ガムテープが足りなくて、余ってないかなって」

「ガムテープね、はいはい」

ガムテープは確か、ロッカーに置いてあったような……。

「……ねぇ、シノちゃん」

見つけたガムテープを「ありがとう」と受け取りながら徳川くんは続ける。

「シノちゃんさ、こっちのクラスの手伝う？」

思いがけない提案だった。

徳川くんのクラスと言えば、ミドリコを筆頭に私の仲の良い子がいるクラスだ。本音は……行きたい。心から、そっちへ行きたい。でも……。

「い、いいのかな……？　自分のクラス手伝わないでそっち行って……」

優等生（自称）の心が揺れる。

「うーん。僕は楽しいほうがいいと思うけど」

「そ、そうだけど……」

「文化祭の準備って、強制でやるものではないし」

確かに……部活の手伝いがあったり、用事がある子は、さっさと帰ってるしなぁ……。

「じゃ、行っちゃおうかな！」

「そうだよ、佐山くんを振って僕のもとへおいで」

「あー。そうするわ、マジで。エヘエヘ」

（あ、そうだ）

「……ねえねえ、友達も1人呼んでいい？」

「うん、いいよ。誰？」

「エットね……。カグヤちゃ――――ん！」

大声で呼ぶと、カグヤちゃんは驚いた表情で瞬《まばた》きをし、徳川くんの姿を見つけると、顔を赤くしてこちらに向かって来た。

「ど、どうしたの？」

「エヘエヘ。カグヤちゃんに、徳川くんのクラスの準備を手伝ってほしいなーって」

「……え⁉　わた、私もいいの？？」

おろおろするカグヤちゃんに、徳川くんはにっこり笑う。

「シノちゃんの友達って西塚《にしづか》さん（カグヤちゃんの苗字）だったんだ。嬉しいなー。実は、僕のクラス作業が遅くて。手伝ってくれるとすごく助かる」

「……だって！　がんばろうね、カグヤちゃん」

「う、うん！　がんばる！」

カグヤちゃんは拳《こぶし》をつくり意気込んだ後、小声で、

「……朝倉さんありがとう！」

と言った。

「ううん！　むしろ私1人で他クラス手伝うの怖いから、カグヤちゃんも一緒だと心強い！」

「そうなの？　あはは、良かったぁ……」

こうして、カグヤちゃんの恋のお手伝いをできる上に、アウェーからも抜け出せ、ハッピーな私だった。手伝うまでは！


「あ！　シノ、こっち来たんだ～」

ミドリコが当然のように、バケツを差し出す。

「ペンキ塗りがぜんぜん終わらないの！　ヨロシク」

「楽しそうじゃん！　ペンキ塗りとか！　やるやるー！」

「それ以前に、段ボールの組み立ても終わらなくて！」

「ホントにー！　まぁなんでもドントコイだー！」

「むしろ、なにしていいのかサッパリで」

「マジでー？　どゆことー！」

ほんとうに、徳川くんのクラスはひどかった。作業が遅いってレベルはとうに超えていた。

個人がそれぞれ好き勝手やって、なにをつくっているのかまるでわからない。

「ね、ねぇミドリコのクラスって、なにやるの？」

「いちおう喫茶店でもやろうかなってことになってる……ぽい」

ぽいって。

「エット、喫茶店って、ここまで紙にペンキ塗りたくって壁つくる必要……ある？」

「多分」

「エット、この大量の風船は……飛ばすの？」

「や、なんか、バルーンでおもちゃ作ろうって話になってた」

「……。……喫茶店じゃないの？」

「あ——。ひょっとしてバルーン屋かも……」

（エエエエエエ——！　あ、ありえねええええ！）

これはひどい！　方向性が決まってないとか、いくらなんでもひどすぎる。

「徳川くん！　これはひどい!!」

「あはははは……。僕も部活のほう行ってたから気づかなかったー」

どのクラスにも「リーダー」である、「文化祭実行委員」がいて、アレコレ指示をするのだが、徳川くんのクラスの実行委員は「みんな、がんばりましょう！」しか言わない。エ

……なにを？　なにをがんばるの？

「だから……文化祭まであと少しだから、がんばろうね！」

（オイオイオイオィィィイィ！）

「これ、手伝うとかいうレベルじゃ間に合わないじゃん！　本気でやらないと間に合わないじゃん！　つーか、なにするのかすらよくわからないんですけど！」

「うん、そうなんだよ。助かるよ、ホント。ウン、シノちゃん、サイコー」

(徳川テメェェェエェ)

「……わわ、私、がんばるねっ」

カグヤちゃんが、袖をまくり作業にとりかかる。

「エエッ……！　カグヤちゃんこの状況で本気でがんばるの⁉」

「西塚さんって、シノちゃんと違って優しいね！　ありがとう！」

「だまれ、徳川！　カグヤちゃんは良い子！」

「そう言えば気になったんだけど、なんでカグヤちゃんなの？」

「かぐや姫に似てるから」

徳川くんの疑問に答える。

話を聞いていたカグヤちゃんが、慌てて手を振る。

「や、やだ似てないよ〜。そんな綺麗なものじゃないのにっ！」

「そんなことないよ、これからよろしくね……カグヤちゃん」

「う、うん……！」

『カグヤちゃん』と徳川くんに呼ばれて、カグヤちゃんが茹《ゆ》でダコみたいに真っ赤になった。

（仕事量多すぎでヒドイー。徳川のやつめえええええ）

と思っていたけど、カグヤちゃんの嬉しそうな笑顔を見ることができたから、まぁいっか……。


それから徳川くんとカグヤちゃん2人の進展は早かった。

「僕のクラスの手伝いさせちゃってごめんね」

「大丈夫だよ～！　やることないし、手伝わせてねっ」

「ありがとう。カグヤちゃんっていつも休日なにしてるの？」

「ん……友達と買い物行ったり……カラオケ行ったりかな……？」

「アレー？　じゃあ月には帰らないの？」

「時々帰ってるよっ。今度うさぎがついたお餅《もち》をお土産に持って来てあげるね」

「お餅より、ウサギがいいな。ウサギ飼おう」

　2人は冗談を飛ばし合いながら笑い合っている。

（うまくいってる！　うれしーな――）

「つーか、思ったんだけど」

　ぽん、とミドリコの手が私の肩に置かれる。

「なになに？　今カップル誕生の瞬間を見守ってるんだけど」

「カグヤさんがなんでうちのクラスにいるの？」

「や、徳川くんのことが好きらしくて、私が恋のキューピッド！」

「ああ、それで徳川くんとずっと一緒に作業してるんだ……」

「そうそう。私まで一緒に作業したら2人の邪魔じゃん」

「つーか……さ」

「なになに」

「あたし、徳川くんのこと好きって言わなかったっけ？」

「言った言った」

「うちらって友達だっけ？」

「どっちかっつーと、腐れ縁」

「ほんとアンタありえないわー！」

　ミドリコが怒った。

「別にいいじゃんー」

「はあ？　良くないし」

「じゃあ、良くないね」

「前々から思ってたけど、シノのそのテキトーなところムカつく」

ミドリコが盛大にため息をついた。

「……ま、シノが適当なのは、いつものことだから別にいいけど」

黙々と作業を始めるミドリコに、おそるおそる声をかける。

「……？……怒ってないの？？」

「別にぃ？　相手はカグヤさんでしょ？　負ける気しないし」

（うわ、すっげー自信！）

「カグヤさんタイプは、徳川くん好きじゃないと思うもーん」

「え——、カグヤちゃんかわいいよ！　オシャレだし、女の子らしいし、優しいし、それから……」

と続ける私を、ミドリコは鼻で笑う。

「だってカグヤさんって、遊んでそうじゃん」

（え……）

「徳川くんはそうゆう子タイプじゃないでしょー？　もっとまじめ系っていうかさー」

なんだか今、ミドリコの言葉が胸にズッシリときた。いや、別に私がカグヤちゃんになりきっているワケじゃないけど、自分のことのようにひどく傷ついた。

「遊んでないよ、カグヤちゃん。徳川くんにずっと片思いしてた、って言ってたもん！」

「事実はどうであれ、遊んでそうに見えるのが問題じゃゃん」

ミドリコはぴしゃりと言った。

（そう……かなあ……？）

でも、私もカグヤちゃんと仲良くなかったらそう見えてたかもなあ……。少し寂しい気持ちになる。

そうこうするうちに既に日は落ちて真っ暗になり、「今日はもう帰ろっかー」っていう頃合いで、ミドリコは勝負に出た、というか、ふっかけた。

「徳川くんって、カグヤさんと仲いいよねー。ウリウリ！」

私はぎょっとする。

「あはは、僕たちってそう見える？？」

「見える〜〜。あ――、でもカグヤさんはモテるからいろんな男の子と付き合いあるもんねっ。徳川くん失恋決定、ドンマーイ！」

「あはは、告白してないのに僕、フラれちゃったねー」

徳川くんの「ねっ」て同意を求める姿に、カグヤちゃんが慌てる。

「そ、そんなことないよっ？　やだ――、ミドリコさんてばっ」

「うっそぉー。魔性でしょー、カグヤさんっ。すっごい憧れる！」

「そんなことないからっ、ほんと！」

「そんな謙遜《けんそん》しないでよ。男の子の落とし方教えてほしい～」

ミドリコは攻撃の手をゆるめない。

「そっか、カグヤちゃん魔性なんだー。じゃあ僕、気をつけなきゃね、あはは」

「そ、そんな……」

徳川くんの反応に、カグヤちゃんは大ダメージのようだ。

「そうだよ、徳川くん気をつけないとねー」

ミドリコがすかさず追撃する。

「や、やだっ。本当にそんなんじゃないのに～」

ようやくカグヤちゃんが防御態勢に入る。

「あはは！　またまた魔性のくせに～」

「あはは……！　ほんとそんなんじゃ……」

私はまるでゲームの戦闘画面を見ている気分だった。

(ヒ、ヒエー……。女の戦いこえー！)

しかし、ずっとミドリコのターンと思われたが、カグヤちゃんも負けていなかった。

「……ね、ねぇねぇ朝倉さん！　話変わっちゃうんだけどね」

「うん？　私？」

「朝倉さんのこと、シノちゃんって呼んでいい……？」

「え……いいよー！　ぜんぜんいいよー！　嬉しー」

わぁ——。あのクラスで初めてシノちゃんって呼ばれるー！

「徳川くんのことは……と……徳ちゃんって呼んでいい？」

「うん、もちろん」

「わぁ、よかったぁ……！」

(徳ちゃんだって、ヒュ〜〜ヒュ〜！)

「えっと……、で……」

チラリとミドリコを見るカグヤちゃん、息をのむミドリコ……。

「…………」

「…………」

カグヤちゃんは、くるっと明後日の方向を向いた。

「じゃあ帰ろっか」(ミドリコ無視)

女の戦いに思わず息をのむ。

しかし、ミドリコも負けずに攻撃を続ける。

「……あ!! やっばい、忘れ物しちゃったぁ!!」

指を顎に当てて、困ったように首を捻《ひね》ると、

「……ねぇ……徳川くん」

「ん?」

「一緒に教室戻ってくれないっ?」

上目遣いのポーズで続ける。

「あたしっ……男の子がいないと怖い……! うるうる」

ミドリコの気色悪いぶりっこについ真顔になる。

「うん、いいよ。夜の校舎1人じゃ怖いもんね。僕も怖いや」

「嬉しい! あ、シノたちは先に帰ってていいから! ごめんね〜。じゃ、またねー」

徳川くんの腕をつかみ、ミドリコは嬉しげに手を振る。これは明らかに「か・え・れ!」のサインだ。

「…………」

しばし呆気《あっけ》にとられていたが、カグヤちゃんが、ハッと我に返る。

「……わっ私もいくよ。せっかくだし4人で帰りたいな」

「ああ――、いいのいいの。ていうか、徳川くんと2人っきりになりたい、あたし」

「ええ⁉」

徳川くんとカグヤちゃんの声がかぶった。

「さ、行こう、徳川くん！　初デートだねー」

「あはは、そうだねぇ」

そうして2人は談笑をしながら去って行った。

「…………」

これにはさすがに、我が幼馴染ながらすごいなって思った。このアクティブさ、とてもじゃないが、私には真似できない。

「……あ――。私、最低かも～！」

カグヤちゃんは、頭を抱えながら座り込む。

「ミドリコさんが徳川くんのこと好きなんだろうなー、と思ってさっきいやな態度とっちゃった」

「別に気にするほどのことじゃないよ」

（あっちのほうが性格悪いからな！）

「そうかなー……。ただの嫉妬でハブったみたいで……悪いことしちゃった……」

おちこむカグヤちゃん。

「それに、徳川くんにも性格ぜったい悪いって思われた……。遊び人って思われちゃったし……。あはは……どうしよ……」

（ううう……）

元はと言えば、私が一緒に作業しようって誘ったのにも原因があるし、それより、カグヤちゃんはとにかく、すっごく、すっごくいい子なのだ。なんとかしてあげたい……。

（あ、そうだ……）


「ねえケイジ!!」

（ミドリコに負けてたまるかー！）

翌日、私は彼氏である佐山ケイジに頼んだ。

「今度、私とケイジと、徳川くんとカグヤちゃんで遊ぼう！」

バーン！　と勢いよく机を叩く。

ケイジは半眼で、

「……。……なんで？　なんでカグヤ？　そして俺、徳川くんとかよく知らないんですけど……」

「じゃあ今から仲良くなってきてよ」

「なんでだよ！」

「だってミドリコがさあ……。そうだ、ちょっと今からミドリコをしめてきてくれない？」

「お前、自分の友達差し出すなよ！」

「ちっ」

使えない男だ……。

「まあ……よくわからんが、わかった。徳川くんのところ行ってくる……」

「さすがケイジ！　使えない男とかちょっとでも思ってごめんね！　愛してるっ」

「嬉しくねー！」

ケイジが徳川くんのもとへ歩き出すのを見て、私もカグヤちゃんのもとへ向かった。

「今ケイジに頼んだ――！　4人で遊べるといいね」

「ええ!?　だ、大丈夫かな……？」

「なにが？」

「だって……徳川くんのこといきなり殴ったりしないよね？　佐山くん……」

「……えっ……」

殴るって……。ああ……やっぱそうだよね……、そうゆうイメージだよねケイジは……。

でも、ケイジは本当はすごく優しい性格で……、いくら気に入らない相手でも、手が出るのは、あくまで「出された」ときだけ……。だからケイジが徳川くんに手を出すなんて……。

「ありうる!!」

なぜなら、徳川くんは「さっさと佐山くん捨てて、僕のところに来なよ」とか「シノちゃんは僕のものっ」とかよく言っているし。

それに嫉妬したケイジが、

「シノはオレのものだぁぁぁ（ドカーン）。くらえ、徳川!!　怒りの鉄拳《てっけん》！」

ボカスカバキィイイイ……。

なんてことになったり……しないよね。（ごめん妄想）

「大丈夫、ケイジは理由もなく殴ったりするような男じゃないから！」

「そうなの？」

カグヤちゃんが首を捻る。

「シノちゃんと徳川くん仲いいから、ヤキモチで殴ったりしないかな？」

カグヤちゃんもまったく同じ妄想していたー！

「じゃあ2人を見に行こうよ！」

「うんっ」

（まさかね……ないよね……）

平静を装いながら、でも実は、どこか嫌な予感はしていたのだ。

（2人ともどこにいるんだろう……!?）

妙な不安と焦りに駆られて、2人の姿を探す。

「いた！！！」

予想どおりというか、予想外というか……。

ケイジと徳川くんの2人は、廊下で談笑していた。

「あれ、仲良し……？」

さすが徳川くんの社交性！　嫌な予感は気のせいだったのだ！

（よかった……）

「なになに〜、なんの話をしてるの〜？」

ウキウキしながらケイジと徳川くんに近づくと、

「シノちゃん!!　マジうける」

「え？　なになに？」

徳川くんは笑いをこらえるかのように――いや、こらえきれず、大声で笑っていた。

「なんで経験あるふりしてたの？　あははははは」

嫌な予感は別の意味で的中した。

「ちょっとケイジ！　なんで言うの！」

「あ、わりー」

「違うよ、シノちゃん。僕から聞いちゃったんだって」

「私が恥ずかしいじゃんんんんん！」

「え？　なになに？？」

遅れてカグヤちゃんが到着する。

「シノちゃんが、直前の直前まで処女じゃないふりしてたって話」

「えっ？　シノちゃんなんでそんなことしたの？」

「だって処女って恥ずかしいでしょおおお！」

「気にすることないのにー……」

カグヤちゃんは、ばかにすることもなく、やんわり微笑んだ。

「だって……男の人って、処女がいいんだよね？」

そして、おそらく自分が一番気にしてることを尋ねた。

「あ――、僕は処女に対して世間的な価値は見《み》出《いだ》せないなー」

徳川くんはきっぱりと言った。

「そ、そうなの？」

「うん。痛がるのとか、本当にごめんね、って思っちゃう」

「ああ、そんで萎《な》えると」

ケイジが横で頷いている。

「うん、萎えるよね、ペネスが」

「ペネス⁉」

「発音よく、ペネス」

徳川くんとケイジは私たちの存在を忘れて盛り上がっているように見えた。

「……君たち、女の子の前でその話ってどうなの」

「あ、シノちゃんって女の子だっけ？」

「コ・ロ・ス」

カグヤちゃんが、ほっとしたように息を吐く。

「……そうなんだぁ……よかった……」

「え？　なんで？」

徳川くんが切り返してきた。

「だって……徳ちゃんって、そうゆう子が好きなのかなって思ってたから」

「ちょっ……、僕はそんなことで女の子判断しないよー」

「徳川くんならしそうだよね」

「しそうだなぁ」

間髪いれず私とケイジがウンウン頷く。

「ちょ、そこのカップル！」

「でしょー！　私も絶対そうだと思ってたの」

カグヤちゃんも楽しそうに笑っていた。

「ひどっ」

「あはは、ごめんね、徳ちゃん」

見る見るうちに、徳川くんとカグヤちゃんの距離が縮まっていく。

「勘違いして申し訳なかったから、徳ちゃんには今度カレーパンご馳《ち》走《そう》します」

「カレーパン？　別にカレーパンでもいいんだけど、プラス牛乳もつけてくれないと」

「じゃあ、やーめたっ」

「都合のいい女め!! ほ～ら、カレーパンと牛乳をこの僕にあげてごらん」

「仕方ないなぁっ。じゃあ牛乳瓶の蓋をあげるよ」

「ちょっと！」

気づけば2人が笑いながらやりとりしている。

「……行くか？」

「うん！」

雰囲気を察して、私たちはその場を離れた。

「カグヤって徳川くんのこと好きだったんだなあ」

「うん！　びっくりだよね！」

「いやー、俺がびっくりしたのは朝倉さんなんですが」

「え？　なんで？」

「いや……ふつう、カグヤじゃなくて、ミドリコさんのほうに協力するんじゃねーの」

「え？　ああ……あいつか……あいつはいいよ」

「……友達？　本当におまえら友達？」

「大親友だよ」

「……まぁ、あまり深く突っ込むのはやめよう。うん」

そんな会話をしながら邪魔者は退散した。

相変わらず、学園祭の準備は続いていた。

しかしどんなに時間が経過しても、徳川くんのクラスの作業進捗《しんちょく》率は半端なく低かった。

にもかかわらず、状況を全く把握していない文化祭実行委員はのたまった。

「みんなこの調子だね!!　がんばろうね!!」

(どこ見てるのー！　まったく終わってないよー！)

「……どうするんだろう？」

カグヤちゃんは心配そうにしていた。

「徳ちゃんのクラス、文化祭にちゃんとお店出せるのかな？」

「だよねー……」

「ほんとうに、大丈夫かな……不安……」

「だよねー……」

(ま、自分のクラスじゃないし、どうでもいいけどねー!!)

こんな風にちょっとでも思ったことを、土下座スプラッシュしながら懺悔《ざんげ》したくなるほど、カグヤちゃんは心の底から心配している。

「…………」

そのとき、徳川くんがついに出陣した。

「……ちょっといいですか、実行委員さん」

「え？」

「今、【うちのクラス】という船があるとします」

（お？）

「船員は、帆を張る人間、舵《かじ》をとる人間、あと、高いところで双眼鏡見るやつとか」

（なんだなんだ？？）

「船長は、それぞれを指示して、陸に向かうわけです」

（？？？？）

「でも、今の状況というものは、とりあえずオールを持ち出し、みんながみんな漕いでみている。結果、太平洋の真ん中で、ただ船が回転しているだけになってしまいました」

「はあ……」

わけがわからない、といった様子の文化祭実行委員に徳川くんが詰め寄る。

「そのとき、船長が発した言葉とは、

『みんなで頑張りましょう』

ってわかるかなあ……？」

（うわあああああー）

文化祭実行委員のハッとした表情に、徳川くんは柔らかくほほ笑む。

（うわ――！　うわ――！　すごいすごい徳川くん！）

文化祭実行委員の人が傷つかず、わかりやすくたとえ話を持ち出して、この壊滅的な状況を改善しようとしたのだ。

「いやあ、そっかあ、ごめん」

実行委員がヘコヘコと頭を下げる。

「あはは。じゃあまず誰がなにをやるかから、決めよう？」

徳川くん、ちょうかっこいいです。

次々に「話術スゲエー！」とか「この素敵オーラ、スゲェー！」とか、徳川くんを賞賛する声がたくさん聞こえてきた。私でさえちょっとキュンときたもの……。（浮気）

だから、カグヤちゃんは自信をなくしてしまったようだった。

「――ねぇシノちゃん」

「ん？」

　ぽつりと、カグヤちゃんが呟いた。

「私、徳ちゃんのことあきらめる」

「急にどうしたの？」

「んー、なんだろ。なんか……なんかね、自信なくしちゃった。このままの関係でも十分楽しいし、無理に付き合う！　とかなくてもいいかなって」

「え、でもでも、せっかく仲良くなれたのに！」

「私ね……ミドリコさんが言うとおり、あまり……確かに良い人と付き合ったことないかも。っていうか、遊び人？　って言われても、けっこうそうかも？　って思うこともあるし」

　自嘲的にカグヤちゃんは笑う。

「今の徳ちゃん見て、『あ、私なんかが付き合える人じゃないな』って確認できた」

「……カグヤちゃん……」

「2人はお花つくってくれるー？　壁にかざるやつ……」

　徳川くんが笑顔でこちらへ向かってくると、カグヤちゃんも満面の笑みで出迎えた。

「すごいね、徳ちゃん！　どうやったらあんな一瞬でたとえ話つくれるのー？　カンペ？」

「失礼だなー違うよー！　実力ですー」

「あはは……。……すごいよねー、徳ちゃん。実力なんだもん」

「？？」

「私も徳ちゃんみたいな彼氏さがそー！　実は今ちょっと良い雰囲気の人がいるんだあー」

「あ、そうなんだー！　うまくいくといいね」

私の言葉をさえぎるようにカグヤちゃんは喋る。

「うん！　だから彼の作業手伝ってきていいかな？　ごめんね、お花できなくて……」

「そうなの？　ごめんね、忙しいのに手伝わせちゃって」

首を横にふり、カグヤちゃんは寂しそうに笑った。

「……じゃあね、シノちゃん」

「カグヤちゃんっそんな……」

あきらめてしまった背中を見送り、私は佇《たたず》んでいた。


「私、徳ちゃんと付き合うことになったよ」

ドラマを1話見逃すと、話がわけわからなくなるよね。そんな気分。

「ごめん、ちょっと確認させてもらっていい？」

「うん」

「なにがあったの？」

「実はねー」

深夜3時にカグヤちゃんの携帯が鳴り響いた。

「んん……こんな時間に誰……？」

——着信『徳ちゃん』

カグヤちゃんはがばっと勢いよく起き上がると、通話ボタンを急いで押した。

「と、徳ちゃん⁉」

「……ごめん。まだ起きてる？」

「う、うん……！　どうしたの？」

「こんな時間にごめんんね、話したいことがあるんだ」

「……うん、いいよ」

「今からカグヤちゃんの家行くね」

「うん、わかった」（※2人は同じ地域に在住）

しばらくして、徳川くんがカグヤちゃんの家の付近に到着した。

「どうしたの、徳ちゃん？」

「うん……」

徳川くんが、ほほ笑んで一言。

「カグヤちゃんのこと気になるから、付き合ってください、って言いに来たの」

キタアアアアアアアアアアアアアアアア!!

勝利ー!! 大勝利!!

カグヤちゃんの大勝利ー! 押してダメなら引いてみろってまさにそうだよねー!

カグヤちゃんの「良い雰囲気の人がいる」という発言が徳川くんの心にものすごくひっかかったらしい。

「本当によかったね、おめでとう!」

「ありがとう! これもシノちゃんのおかげだよっ」

心から嬉しそうに笑うカグヤちゃんを見て、私も嬉しくなる。

「私なんてなにも……、まぁなにもしてないけど、焼き肉くらいはご馳走になってもイイヨ」

「も――――、シノちゃんってば……。仕方ないのでご馳走してあげますっ」

くすくすと2人で笑い合う。

それからあまりに嬉しくて、私は勢いにまかせて、意気揚々とミドリコの元に向かった。

「ミドリコ!! 聞いて聞いて!! 徳川くんとカグヤちゃん付き合うことになったよー!」

ぽかんとするミドリコ。

（キレるかなー。まぁ、事実だし、カグヤちゃんの大勝利だし!!）

ひどいことを思いつつ、ミドリコを見ると無反応だった。

「……ってあれ？　ミドリコ？」

ミドリコは黙ったままだ。

「ミドリコ？　おーい……」

呼びかけた途端、ぽろぽろ……とミドリコの目から大粒の涙が溢れた。

（アレ……、泣いちゃった……。泣いちゃった……）

えええええ――――、ミドリコが泣いちゃった!!

「な、なんで泣くのさ!!」

「だっだってぇ！　だってぇ……！」

「な、泣かないでよ――！　私が悪かったからさぁ……！」

「だって〜〜〜!!」

「な、泣きやみなよー！　ばかぁああ」

泣きじゃくるミドリコにつられて、こっちまで涙が止まらなくなった。

「シノ、帰るぞ――うお！」

私を捜しにきたケイジが声をあげた。

「おまえら……」

「ウワ――ン！」

「ちょ……」

「ビエエエ――ン!!」

「うる……」

「ホンギャ――！」

「ウンギャ――ンギャー！」

「うるせー……」

抱き合いながらわんわん泣く私たちの姿と、あちこち散乱している鼻水ティッシュを眺めながらケイジは呆《あき》れたように言った。

「……なんで泣いてんだ……」

「うえええーん。もうぜったい恋愛なんかしない――!!」

ミドリコの叫びが、泣き声とともにこだました。

6章　文化祭

「残れる人はギリギリまで残って！」

「壁は緑と黄色でカラフルに塗りつぶす！　教室だとわかるような物を絶対残すな！」

「ハーイッ！　美術部３人を呼んできたよーっ！」

　私のクラスの文化祭にかける情熱は、とにかくすごかった。情熱についていけなかった私は、常にポツーンだったけれど、ある日クラスメイトのギャルが声をかけてきた。

「朝倉さん、なに着る～？」

「……着る？」

「文化祭当日の衣装だよ～」

（あ――、なるなる）

「うちら、サファリパークじゃァん！　動物役と案内役と受付のどれをやりたぃ？　それにもよるけどォ」

「……へ――、案内役ってなにするの？」

　舐めてんの？　っていうくらい、自分のクラス企画についていけない。

「『こんにちは～！　サファリパークにいらっしゃぁい！』って、廊下にいる人たちにいっぱぃ声かけんの」

「へ――（ないない！）じゃあ……動物役は？」

「来園者を『ガオオオー』『キシャー！』って動物の真似して脅かすんだよぉ」

「へ――（もっとありえない！）、じゃあ受付係がいいかな！」

「マジ？　受付？　面白くなくない？」

「そんなことないよ！」

動物役とか案内役とか目立つじゃん！　恥ずかしいじゃん……恥ずかしいじゃんんんんんんんんんん！

そういうのって3軍は無理だから、間違いなく無理だから！

「んでも受付役もそれなりの格好してね！　雰囲気だすからぁ」

「雰囲気……？」

「迷彩服を着てねん」

「め、迷彩服……」（ないよ、そんなの……！）

「わかった！　じゃあ！　あたしの貸してあげるよ！」

「ほんと？　ありがとう！」

「あ、でもケイジからも意見聞こっかぁ？」

ニヤリとギャルが笑った。

「え……」

嫌な予感。

「ケイジぃぃぃ♪　朝倉さんにどんな格好してほしいぃ⁉」

「は？　俺？」

ケイジが反応した瞬間、ギャル軍団（＋カグヤちゃん）が群れる。

「ケイジさぁ、朝倉さんにどんな格好してほしい～？」

「やっぱバニーガールとかじゃない？」

「佐山くんって意外に猫耳に裸エプロンとか好みだったりして！」

「あはははははは！」

（ワァ――、来たよーコレ）

こんなカンジで毎回からかわれるんだ。私にはあまり直接来ないけど、ケイジに行ったら行ったで恥ずかしいんだ！

「朝倉さんのどんな格好が好きなの～⁉」

……。

「……ちょっと考えてきていい？」

って、こいつもこいつで真面目に取り合っちゃったよ！　ばかだよ、あ――ばかばか。ばかケイジが！　ケイジが考えるために一旦去る。

その隙を狙ったかのように、

「……てか！　マジ気になるんだけど、朝倉さんとケイジってどこまでいってんの⁉」

「え！」

「朝倉さんはどうなの？　よかった？　ぶっちゃけケイジってどんな風に始めるの？」

「始める⁉」（それってまさかアレの話でしょうか‼）

「『愛してるよ……シノ。さあやろうぜ！』とか？」

（ああ――やっぱアレの話だな！）

「やりそ――。あはははははは」

（やらないよ！　ふつうだよ‼）

「誰がどんなエッチしてんのか！　想像しちゃう♡」

（想像しないでください、頼むから）

「あ、でもクラスでは中村《なかむら》の想像だけ、マジ無理」

「アイツほんとウゼェ！　臭いくせにモテ気取りとか何様？」

「ちょうウザイよねー！」

女子らしい会話です。

「あいつヤッた女と写メって、まわし見してるの」

「それいうなら山田《やまだ》だろー。知ってる？　5組の奈美《なみ》とハメ撮りして男子の間でまわしてる」

「見た見たー。マジありえない。奈美かわいそう」

「あーんあーん（喘《あえ》ぎ声）でしょ？」

「ぎゃははは似てる――！」

盛り上がるギャル軍団に、私もつられて笑う。

あはは、あはは……。エエエエ――！　笑えないー!!

なになにどういうことだ？　そういう写真とかムービーが学年で出回っているの⁉

「んで、朝倉さんはどうなの⁉」

なんて考えていたら、いきなり現実に戻される。

「マジ、写真とかだけは撮らせないようにしなよ！」

「メールで写メまわるよぉ～、まさかもう撮らせた？」

「それよりも、ケイジはうまいの？　そこらへんどうなの？」

「エ――ト、アハハ……」

もはや四方八方の質問攻めでどっからどう答えていいかわからんわ……状態に私は後ずさりする。ギャル軍団は「逃がさん」と身を乗り出す。

「どうなの？　ねぇ」

(ヒィ……)

「どうなの!?」

「いや、ちょっ」

「どうなの!?」

「いろいろ考えてきた」

ケイジが戻ってきた。助かった！　この瞬間、世界で一番ケイジがイケメンに見えた。

「あ〜あ、せっかく盛り上がってたのにィ……」

「……え？　俺、空気読まなかった……？　もっかい考えてきたほうがいい？」

「エェこまる！」

慌ててケイジのシャツの裾をつかむ。その様子を見てか、ギャルもケタケタと笑った。

「いいよいいよ。彼女助けると思ってどうぞぉ」

「んじゃ言う。つか質問の前提無視して、すげー真面目に答えてもいい？　ウケ狙おうかどうか迷ったんだが！」

「どうぞどうぞぉ。面白ければ可」

「面白くねーから期待すんな！」

「朝倉は制服ばっかしか見ないから、普通の格好が小汚くても好きだ！　コスプレいらん！　以上！」

固まる私。

「愛されてるねぇ……」

「なんかちょっと予想どおりかも……♪」

恥ずかしいイイイ。からかわれるより恥ずかしいイイイ。

「じゃ、そーいうことで。戻るわ！」

「こっちまで照れるんですけどォ……」

「でも、佐山くんやっぱり男らしくてスゴいと思います！　ホント」

カグヤちゃんが優しくフォローしてくれる。

「いや、俺はすごくないけど、こっちこそ女の子だけのとこを邪魔したー。後はごゆっくりー」

ケイジがひらひら手を振りながら足早に去っていくと、どっと笑い声が沸き起こる。

「アーハハハッ！　ケイジ行っちゃったぁ」

「朝倉さんも、よかったねぇ！」

「あ、あはは、あはは」

恥ずかしいけど、嬉しいことに変わりなかったから「ウ、ウン」と素直に受け止める。

でもこれが……文化祭でみんなの笑顔を見た最後だった……。っていうのは大げさだけど、実際最後だった。


雲ひとつない青空の下、打ち上げられた花火とともに、満を持して文化祭が開催された。それは生徒たちによる生徒たちのためのお祭り。

「文化祭きた――！」

テンションが低いと言われる私だけど、彼氏ができて初めて彼氏と遊ぶ文化祭、それだけでテンションが上がる。楽しまなくては！

「朝倉さんにケイジ、行ってらっしゃぁい♪」

「楽しんできてねぇ☆」

派手な格好に身を包んだクラスメイトたちに見送られ、初日は自由時間ということで出かける。

「どこ行く？」

ケイジが文化祭のパンフレットを広げた。

【文化祭のメニュー】

・お化け屋敷
・巨大迷路
・カラオケ
・サファリパーク
・鬼退治
・魚釣

「いろいろこなしてくか！」

ケイジはとても楽しそうだ。

「ヤベー。鬼退治とか素でやりたい。豆で戦うのかな、これ」

なんて、無邪気にはしゃいでいる。

「屋上全部使ってるって迷路！　これ、クリア時間競わねー？」

　とにかく嬉しくて仕方がない様子だ。

「シノはどこまわりたい？」

「私ねー、私ねー……、とりあえず食べたい」

　初《しょ》っ端《ぱな》から食べる派、アトラクション派で意見が分かれた瞬間。

「……わかった」

　ケイジがしょんぼりする。

「なんかこー、肩透かしくらった感じだが、よしとしよう。んじゃ、なに食べる？」

「焼きそば。牛丼。クッキー。あとお鍋とかもイイ。饅頭《まんじゅう》とかだいすき。チョコバナナ食べたい。てか全部食べたい！」

「どんだけ食い意地はってんだよ！」

「おなかすいたヨー。しくしく」

「腹へって泣いてるやつ初めて見たわ……」
　☆☆ロリータカフェ＠えんじぇりゅず☆☆3ねん2くみの前に着く。
　いわゆるメイドカフェのような、ピンクのふりふりドレスを着たかわいいウエイトレスさんが、手作りのデザートとともに迎えてくれる喫茶店だ。

「わー、かわいい——。ケイジ、私がこんなコスプレしたらどう？」

「は？」

「萌《も》える？」

「萌……バカか！」

「萌えてよ！　ハアハアしてよ！　そして私に貢いでくれ」

「……。……その真意は？」

「お財布忘れた……」

　ズーン……。

「バカか！」

「エーン、たのしみにしてたのに」

「しゃーねー……おごってやるか」

「ワーイ、やったー！　ケイジとなら結婚考えてあげてもいいよ」

「何様!?」

「エヘヘ」

「ったく……ん？」

　と、ケイジの視線が壁に注目する。壁にかかったポスターには、あるウエイトレスの写真が掲載されていた。

「あ」

Ｎｏ．１☆の表示とともに、かわいいウエイトレス姿のケイジの元カノ、美少女のエリカちゃんの写真がそこにはあった。

「かわいいね、エリカちゃん」

「…………」

「ね？」

「暑いなー、しかし」

「ちょっと！　なんで無視するの！」

「答えにくいわ‼」

さっさと入るぞ！　と進んでいくケイジに私はぶうぶう言いながらついて行く。

（……ってアレ……？）

エリカちゃんがいるってことは、ココは……「女帝」のクラス⁉

女帝とは、飛び蹴り事件以降、露骨なイジメはなくなったものの、廊下ですれ違ったら睨まれるとかしょっちゅうだった。

「じょ、女帝いるじゃん‼　怖いよー！　怖いよー……！　むりむり‼」

私の様子を見たケイジが、ためらったように言う。

「……やめとくか？」

「ウッ……」

でもケーキ……パフェ……。た、食べたい。


その瞬間、食い意地がトラウマを超えた。


「私もう女帝怖くないしっ」

「……ほんとかよ」

「うん！　もう全然怖くないよ！　ほらこの顔を見て！」

壁に飾られた女帝の写真を指差す。

「ほーら、こんなかわいい格好してれば、女帝もただの女の子だよね。ただの女の子……」

ちらりと写真を見る。もう一度見る……見た！

「ワァアン!!　女帝だよ女帝!!　やっぱり顔見ると怖い!!　ウワーン!!　ほんと女帝、怖いよ怖いよ見るだけでもう恐ろしいよ、悪魔だよ怖いよー」

ギャーギャー！

「トラウマ克服してねーじゃねぇか！」

「だって怖いんだもん！　ケイジもそう思うでしょ！」

「ねぇっ！」って、振り返るとそこに女帝が仁王立ちで突っ立っていた。

「シ、シノ」

ケイジも青くなっている。

「ギャッ――!?」

女帝は私たちの背後にいたのだ。

「――じょ、じょじょじょ、女帝ってこ、こ、怖いくらいにお美しいよね、エヘエヘ」

「よーしごまかせたー！」

「ごまかせてねーよ!?」

「つっこまないでよ！　バレちゃうじゃんか！」

ギロッ！　女帝が鋭い目つきで睨んでくる。

「入るの？　入らないの？　入り口で固まらないでほしいんだけど！」

ヒィイィ！　てんぱった私は、つい、

「入ります!!」

って大声で言ってしまった。言って……しまっちゃった……。

女帝はふぅ、と息を吐くと、サッと手をあげて、

「はぁーい！　んじゃ、2名様ご案内しまーす！　ケイジくん入って入って」

「お、おう」

ケイジだけ教室に入るようせかされ、私は華麗にスルーされる。いやスルーされてはいないけど、この疎外感はなんだろう……。

「ご注文はパウンドケーキと紅茶でよろしいですか？」

女帝と彼女の友人たちが、私を見ながらひそひそ話している気がする。

「帰りたい」

「え？　まだ注文来てないけど」

「なんでここ来ちゃったんだろう……」

陰口を言われてる気がして、軽く鬱になる。

「だから聞いたじゃねーか！」

「体張って引き止めてよ！　気が利かない男！」

「気がき……そんなのわかるか！」

女帝がにこやかな笑顔で、注文した品を運んできた。

「お待たせしました〜♪」

「ごめん、持ち帰りにしてもらっていい？」

紅茶とパウンドケーキがテーブルに並んだ途端、ケイジが言う。

「え？……あの、持ち帰りっていうのはやってないんだけど……」

「んじゃナフキンで包むからいいや。行くぞ、シノ」

パウンドケーキをナフキンに包んで、紅茶の入った紙コップを持って立ち上がる。

「ケイジ……！（キュン）」

（わがままばっかでごめんね！　でもありがとう！）

「――あ、あの、ケ、ケイジくん！」

エリカちゃんがおずおずと出てくる。

「そ、そのケーキ私が作ったの……だからってわけじゃないんだけど……おいしいから食べてみてね」

（……なっ⁉）

なにそれ！　元カノの手作りケーキ食べるとか、いや、そうゆう主旨のお店だけど、絶対だめ！　だめ！　だめ‼

「あ――……じゃあ……」

「ダメだっつってんだろ‼」っていうオーラを飛ばしてみる。伝われー。

「……いや、ごめん。食べるのは俺じゃないから」

(よし！　伝わった！)

「あ、そ、そうなの……ごめんね……」

シーン……。

(アレ、なんだ？　この……いたたまれない空気)

その場の空気に耐えられなくて、トントン、と肘《ひじ》でケイジのわき腹をつついてみる。

「た、食べなよケイジ……」

「いや、食べたら食べたで誰かさんが怒るじゃないですか」

「私別に怒らないよ！」

「既に怒ってんじゃねーか!!」

「そんなことないってば！　じゃあ、もう行こうよ！」

「はいはい……」

室内から廊下へと出ようと足を一歩踏み出したそのとき、

「なに今の」

女帝の声が聞こえた。

「彼女だからって余裕アピール？」

「信じられないわぁ……」

「ほんっと、朝倉さんって神経図太いよね〜。エリカの前で見せつけにきたんじゃない？」

予想どおり、悪口が聞こえてきた。そして、背後からエリカちゃんのすすり泣く声が聞こえた。

「……わ、私、そうゆうつもりじゃなかったのに……」

でも、自分の言ったことを思い返すと、「あぁぁぁあ〜……」もう二度と女帝の周辺には近づくまいと誓った。


「じゃー、気を取り直して、アトラクションいくか」

「うん！」

■巨大迷路■
文化祭定番の迷路。屋上に段ボールが敷き詰められ、ゴールまでの道のりがまったく見えない。3つほどある入り口に、互いにスタンバイする。

「先にクリアしたほうが勝ちな！」

「オッケーオッケー。じゃ、よーいスタート」

「負けねー！」

ＳＴＡＲＴ！

「……ワ——、段ボール、めっちゃ多っ！　とりあえず右進もうかな！　や、もう全部右でいいや！　めんどくさい」

私は進行方向をすべて右に取った。

「右右……あ、ワーイ！　やった！　ついたー！」

GOOOOOOOOOOOOAL！

「あれ？　ケイジがいない！　ケイジより早い！　イエーイ」

1分経過してもケイジの姿は見えない。

「……ケイジまだぁ〜？」

「まさか……ゴールしたのか!?」

遠くから声が聞こえる。

「うん！」

3分が経過した。

「ちょ、ケイジ、遅いんだけどー！」

「ぐるぐるまわってる気がするんだ……！」

「お、おせ――」

　巨大迷路は私の勝ちだった。

■ミニスポーツ場■
各種定番スポーツのミニコートと、用具が体育館に置かれている。

「シノは、サッカーとかバスケはできんのか？」

「エー、むりむり」

「卓球は？」

「授業でならやったことあるヨ」

「んじゃ卓球な！　手抜いてやろうか？」

「別に抜かないでいいよー。球はねかえせばいいんでしょ？　ドントコイ」

「よし！」

　カンコンカーン。

「ヤッター！　私の勝利！」

ケイジは隣で落ち込んでいる。

「私が手抜いてあげればよかったね！　プッ！」

「クッ……。だいたいお前、素人相手に何普通にスピンかけてんだよ！　ていうか、お前も素人だろ！」

「プッ、佐山さん、プッ」

「くっそ……。シノを負かすためだけに卓球やろうかと思ったのに。勉強できねーのに、スポーツっつー得意分野で負けるのは、洒落にならん」

「はいはい、頑張ってね。プッ！　プッ‼」

この勝負も私の勝ちだった。

■縁日■

夏祭りのイメージで、屋台の定番メニューを中心に取り扱っているクラスがあった。

「鉄砲やろう！　もうシノには負けねー！」

「一番高得点のやつ狙ったほうが勝ちね」

「じゃあ、俺からな」

パーンパーン。

「よし、３等ゲット」

「すごーいケイジ！　私、絶対無理だよ、鉄砲なんてー。当たりすらしないっていうかー」

パーンパーン。

「あ、２等の商品に当たった。やったー」

「…………」

……。

……。

「泣いてもいいですか？」

ケイジが呟いた。

「え…………」

（あ、私、さすがに勝ちすぎちゃったかなー、みたいな……）

「……えっと……ケイジ、今日、調子悪い？」

「……絶好調だ！」

「そっかー……」

私のささやかなフォローは終了した。

「……思えば俺、お前に勝てたことねーな。テストの点数も、唯一得意のケンカも負けるし

「……」

「エッ、あれじゃん。拳使えば勝てるよ」

「できるか!!」

「……エット、じゃあ、ほら、ケイジが負けるのも仕方ないじゃない！　私ってなんでもできる子だもん（！）。すべてが得意分野！」

「あー、そうですね！　朝倉さんはなんでもできるすごい子だなあ！　あー腹立つわ！」

「フォローだったのに……（しょんぼり）」

「フォローになってないわ！」

……。

「……でも、まー、最近はそれでいい気もしてきた。いや、お前に負けたままで、ってことだけど」

「エ!?……ェェー、ケイジマゾなの……!?」

「こう……、覇者には覇者のままいてもらいたいというかだな。ラオウみたいな」

「……。それ誉められてるのか、けなされてるのかわからないんだけど！」

「最上級の誉め言葉だ！　ついでにあのマンガは俺のバイブルだ」

「バイブルなんだ……。あのマンガってバイブルになるんだ……」

「俺のお前のイメージは、ラオウだ。喜べ」

「ワーイうれしいなー♡　ころす」

それからさまざまなアトラクションをまわると、時間もお昼時になっていた。

「もうそろそろ飯でも食いにいくか」

「ウン！　おなかすいたー。ぺコぺコー！」

キャッキャッ！　大好きなケイジとのデート、こっそり手とか繋いじゃってたりして、楽しい、幸せ。

「あー、チョコバナナだー」

「食っとけ食っとけ」

「ウン！」

キャッキャッ！

——でも、最高に幸せな時間は、突如ある人物によってぶち壊された。

「ねえねえ、2人とも！」

パーマがかった朱色の髪と、耳に無数のピアス、派手なカラーTシャツが目立つ男子生徒が声をかけてきた。

「げ、リューくん……」

「え？　なになに、このおれにそんな反応しちゃう？」

腕を組みながら、はぁっと呆れたようにため息をつく。

「おまえらは、いいなぁ！　仲良く……キャッキャと……ラブラブして！」

「人前でラブラブはしてないわ⁉」

「してるじゃん！　ほら、手！」

言われて、慌てて繋いでいた手を離す。

「う、うるさいなー！　リューくんには関係ないでしょ！」

「そうだね、関係ないよ。おまえたちの存在なんか、正直どうでもいいよ。さっさとくたばれ」

「エエー……」

「それよりもさ、おれさ、文化祭なのにひとりぼっちなんだ……」

「知ってる」「見ればわかる」

口を揃《そろ》えて言うと、

「そうでしょ？」

とにこやかにリューくんは微笑んだ。

「おれ、シノと一緒で、友達いないからさあ」

失礼きわまりないことを言われる。

「だから、一緒にまわろっ？」

「ヤダ！」

嬉しくない申し出に即答する。

「ちぇー、いじわるー。いいよ、おれは妄想してるから」

リューくんは両目をとじ、天に向かって両手を挙げた。

「シノ……、今、チョコバナナ食べてるね」

「な、なに……？　だから……？」

「やらしいねー」

「なに……」

「そうやって食べるんだ」

「ちょ……」

「ケイジのもそうやって食べるんだ」

「うわあああキモチわるい!!」

そう、リューくんは、学年でも有名な下ネタＢＯＹだった。

今までまったく絡んだこともなかったし、絡みたくもなかったが、ケイジと付き合ってから、このような気持ち悪い下ネタトークで私にちょっかいをかけてくれるようになった。迷惑以外の何ものでもない存在、それがリューくんなのだ。

「リューくんなんでそんな下品なの……!?」

「下品じゃないよ。本能に忠実なだけです。ケイジもそうだよね」

「俺にふんなよ！」

「またまたあ……いつも腰ふってるんだろ？」

ウワー。

「やめてよ！　これ以上言うとその大事な股間《こかん》、蹴るよ！」

「はあ？　なに言ってんの？」

ぷっとリューくんは噴き出した。

「そこは、足じゃなくて、手を使うとこでしょ！」

ウワー、ウワー、ウワ――。

「……あ！　てかおれ、女帝のことで、シノに言いたいことあるんだよねぇ！」

「？？　なになに？」

「前さー、シノ、イジメられてたじゃん！　まぁ、今だから言わせてもらうけど……」

「うん……？」

「全部シノが悪くね？」

（……エエエーッ!?　わ、私が悪いの!?）

「な、なんで!?　私のどこが悪いの!?　そりゃ誓約破ったけど……！」

「違う、そこじゃない！」

「エッ」

違うの？

「女帝もさぁ、シノが、エリカ並みにめちゃくちゃかわいくで、性格も明るくて元気でハキハキして輝いてて、逆立ちしても勝てないような女ならケンカ売ってこないと思うよ」

「え、うん……え？」

「つまり……おまえが女帝に勝つために必要なのは病院に行くことだ。まずは精神科、次に美容外科」

「えぇぇ……ねえ!!　ひどくない？　めちゃくちゃひどいこと言ってない？　リューくん！」

「おい！　リュー！　あんまシノイジメんなよ！」

ケイジが声をあげる。

「……イジメ？　おれがイジメたらひどいよ？　泣いちゃうよ？」

リューくんは1人で大笑いし始めた。

こやき
マジックハウス
恐怖たこ焼き
タタタタっ
タコ

「その泣き顔に棒つっこんじゃうよ〜！」

「…………」

「…………」

誰かー、ほんとこの人なんとかしてくれませんかー。

「さて……」

ひとしきり笑い終わると、リューくんはバッと手を差し出した。

「ケイジッ！　シノッ！　おれと一緒にアトラクションまわろ！」

「え？　なにこの手」

「もー、シノったら照れちゃって！」

と、無理やり、私とケイジの腕をつかむ。

「ギャア！　さわらないでよ！　リューくん菌がうつる！　せっかくケイジで満たされてたのに！　消毒しなきゃ!!」

「おれのこと好きすぎだよ、シノ」

「逆だから！」

(……ああ、ケイジとの楽しい文化祭が……)

リューくんに引きずられるようにして、ずるずるとアトラクションに向かった。

「よし！　このアトラクションやるよー！」

ハイテンションなリューくんに率いられ、私たちは再びアトラクションめぐりをすることになった。

■魚釣■

プールに設置されたニセモノの魚を釣るゲーム。

「よーし釣るぞー」

気を取り直したのか、ケイジが意気揚々と釣竿を振り下ろす。

「ケイジがやるなら私も私もー。エート釣竿は……」

「くんくん」

「……え、リューくん……なに……どうし……顔近ッ！」

リューくんが私の首元で鼻を動かしている。

「ちょ、きめぇ！」

「シノ、おまえ、すごい臭い」

「……えぇぇええぇぇ!?」

私の臭いを嗅《か》ぎ終えたのか、リューくんは鼻を押さえて後ずさる。

「シノから悪臭がスゴイするよ！　おまえ香水と間違えて芳香剤つけたんじゃね？」

「なっ……！　私、香水も芳香剤もつけてないよ……！　てか臭いの!?　私臭いの!?　どこ、どこが!?」

「生理だ！　おまえ、今日、生理だろ！　くっさー！」

「違うよ！　生理じゃないよ！　てか、ほんとひどい!!」

「——あ!!　わかった!!」

「エッ？」

「これはメスの臭いだ!!」

「エッ……」

「おまえら、おれの見てない隙に……いつの間に……やったの？」

「やってねーよ!?」

ケイジが間髪いれずに叫ぶ。

「ごめんごめん。おまえたちがどんな場所でやっても、おれ……誰にも言わないからね！」

「だからやってねぇ！」

■ミニスポーツ場・再■

「こんなスポーツより、もっと汗かけるスポーツあるよ」

「はいはい」「そうだな」

私たちはリューくんの下ネタをもはや相手にせず、適当に流す。

「しかも気持ちいい！」

「へー、私、卓球よりバドミントンしたいかも」

「最高に気持ちよかった！　人類が残した宝だ！」

「へー、ラケットはどこかなー」

「って、ケイジが言ってたよ、シノ」

「エェ!?」

「よ、変態！」

リューくんがポンポンとケイジの肩を叩く。

「変態キング」

「…………」

「変態ナンバーワン」

「――――――」

ケイジがぷるぷる震えた。

「おまえが」

リューくんの頭をわしづかみにし、

「言ったん」

万力の如くギリギリギリと、

「だろーがー!?」

ミシミシと……。

「も――――！　本当にリューくんと一緒だと楽しめないよ！」

ミニスポーツ場をあとにしながら、私はたまりにたまった不満をぶちまけた。ケイジも便乗する。

「リュー、帰れ。家に」

「2人とも、ひどい！　おれ、今すごく傷ついた……」

うるさい！　帰れ帰れ！

「まったく……わかったよ。じゃあキミたち、お幸せにね☆」

リューくんは嵐のように去っていったのだった。

こうして文化祭1日目は終了した。

「……うぅ、リューくんと一緒ってだけでほんと疲れた……」

「まぁ、まだ明日があるじゃねぇか。明日楽しもうぜ」

「うん……」

しかし、楽しいはずの文化祭、悪夢はまだ続くのだった。


「ようこそ、サファリパークへっ」

「みんな〜〜、入ってってねぇえええ〜〜〜！」

案内役は「どこのテーマパークのおねえさんだよ」というくらい、素敵なギャル軍団4人だ。

「ガオー！」

「キャ〜！　ライオン出たぁあ！」

動物役は、どんどんみんなを驚かす。メイクも半端ない。

そして、受付は、

「あ、3名様ですか。じゃあ、あと10分後に来てくれますかね。予約しときますねー」

優等生の私、朝倉シノ！（地味）

文化祭2日目は、フリータイムではなく、クラスの出し物の当番の日だ。

「シノ、見て見て！　動物版のケイジだよ！」

リューくんが笑いながら、ケイジを連れてくる。

「え～？　なに動物役……ブッ！」

ケイジの頭には長い動物の耳が装着されている。

「――う、うさぎ！」

「うるせえ！　笑うんじゃねえ！」

「ひーひひひ！　うさぎ!!　きも！　いや、かわいい」

「きもいつったの聞こえたわ!!」

「あはは。ケイジの性格からしてライオンかと思った」

「ライオンは、じゃんけんで負けた」

「ああ……、じゃんけんで負けたんだ。かわいそうに」

なんだかかわいらしいケイジを朝から見ることができたから、気分よく、張り切って受付に臨む。

「……てか、ひまだよねー。受付ってて一」

「ちょうひまー」

ポツン。な私のところへ休憩時間にミドリコが遊びにきてくれた。

文化祭はすごく盛り上がっていた。準備をがんばっただけあって、うちのクラスは絶好調だった。クラスTシャツもかわいいし、文化祭を冷めた目で見ていた私もウキウキと心躍らせていた。

そこに悪夢のような時間が訪れた。

トルルルル――。

トルルルル――。

見知らぬ着信番号が私の携帯を鳴らす。普段の私なら、知らない電話番号は「ツン」と無視だが、文化祭のウキウキした気分のせいでなぜか電話を取ってしまった。

「はい、もしも……」

「てめえ、俺の女を泣かせるんじゃねえ!!」

……。エ？　なに……？？

大きすぎる相手の声は、ミドリコにまで届いている。

「……あの、お掛け間違えだと思うんですけど……」

本当にそう思って言った。

「おまえ、朝倉シノだろ⁉　わかってんだよ！」

（エェー！　わ、私ー！　私の名前を間違いなく呼んだー！）

「な、なんですか？」

「おい！　今からぶっころしに行ってやるからな！　逃げるんじゃねえぞ！」

　青ざめる私。

「ちょ、今から来るって‼」

「なに？　誰⁉　シノの知り合い⁉」

「知らない人！　コエェェー！」

「俺の女を泣かせたって言ってたけど……」

「誰も泣かせたことないよ！」

　……ってアレ？　と首を捻る。

「……エ、エリカちゃんのこと、昨日泣かせた……」

「はあ⁉　なんでエリカ泣かせたの⁉」

「いや、こう、私の無神経な発言が……！」

「あんた常に無神経なの！　直しなさいよ、その性格！」

「で、でも待って⁉　〝俺の女〟って言ってたよ！　エリカちゃん彼氏いるの……⁉」

「エリカは彼氏いないよ。だってまだ佐山くんを好き……あ！」

ミドリコが「もしかして……」と続ける。

「エ？　な、なに？」

「ちょっとシノ！　携帯貸して！」

そして、すぐにさっき着信があった番号にかけ直す。

「アァ!?　なんだよ！」

「女帝の彼氏ですよね？」

……女帝……彼氏…？

「……はあ!?　誰だよ、おまえ!!」

「あたし、女帝の友達のミドリコっていいます」

ミドリコははっきりとした口調で続ける。

「なんでシノの電話にかけてくるんですか？　シノは女帝を泣かせてないですよね？」

「女帝は蹴られたんだぞ！　ボロボロで……見てられないよ！」

「それやったのシノの彼氏であって、シノは関係ないですから」

「ふざけんな！」

「感情的に叫ばないでくれますか？　だいたい女帝がシノに嫌がらせばっかしたのが原因な

んですよ」

「俺が聞いてる話と全く違う！　信用できない！」

「そうですか。じゃ会いましょうよ!!　今から渡り廊下集合な！　殴ってやるからな！」

話し終わると「ブチィッ！」とミドリコは携帯を切った。

さすが、ミドリコ――！　さすが我が友よー！

「ミドリコ、すご、すご！　どうした!?」

「今手が震えてる……」

確かにミドリコの手がプルプル震えている。

「声、裏返ってなかった？　ビビりながら電話したの！」

「大丈夫だった！　かっこよかった！」

「ありがとう！　でも、どうしよう！　女帝の彼氏のところ行くようなこと言っちゃった……！」

「どうする!?　女2人で男相手に行くの怖くない!?」

「怖いよ！　つか、あたし、行かないし！」

「あんな啖呵《たんか》きっといて!?」

「行かない！」とか、衝撃……。

「シノも受付だから行けないでしょ……？」

「う、うん……確かに」

「だ・か・ら……」

ミドリコがウインクをした。

「佐山くんに行かせよう」

イェーイ！　ハイタッチ、ばちこーん!!

「やっぱ、そうだよねー!!」

「そうよねー！　ココは佐山くんの出番よね」

確かに男相手に女が行くことはない。

「ってやっぱダメ――!!」

「え〜!?」

私の拒否に驚きの声をあげるミドリコ。

「だってケイジは、文化祭すごく頑張って準備して今楽しんでいるのに、邪魔しちゃ悪いよ！　私が行く！」

「はあー!?　まじで！」

「大丈夫、なんとかなるなる！」

「じゃあ、あたしも行くよ！」

「ミドリコ……！」

初めてミドリコの友情を感じた……。きゅん。

「よーし、行くぞー！」

「オーッ！」

「てか、シノ。あたしは、休憩時間だからいいけど……受付どうすんの？」

「う、うーん……ちょっとだけなら大丈夫だと思う！　今、あまり人来ないし」

「そっか！　それじゃ、行こう！」

こうして私たちは、ズンズンと待ち合わせ場所へ向かった。

「女帝の彼氏ってどんなの？」「わかんない、他校だよ。見たことない」「やばい怖いしぬ」「がんばろう、あたしたち、がんばろうよ」「生きて脱出できるといいね」「生還をめざそうね」

道中ミドリコと話しながら、待ち合わせ場所が近づくにつれ、恐怖と興奮が上昇してきた。

そして……。

ついに……。

「来たか……」

渡り廊下中央に佇む人影。後ろ姿を確認して、私たちはゴクッと唾《つば》を飲みこむ。

（ど、どんな怖いヤンキーなんだ？）

女帝の彼氏というくらいだから、相当な怖い顔立ちに違いない……。足がガタガタ震える。手が汗ばむ。

「来たな……」

人影は振り返る。

「女帝を泣かせたのおまえか！」

「ヒッ……」

女帝の彼氏、仮の名をエンペラーとしておく。

その顔は……!!

「って、アレー……」

「なんだよ!!」

「い、いえ……」

私は勝手に女帝のイメージからして、派手な男の子とか強面《こわもて》の男の子とかを想像していた。

しかし、実際に目の前にいる女帝の彼氏、エンペラーは……、ニキビだらけの顔にぼさぼさの頭。黒ブチ眼鏡に、整っていない眉毛——つまるところ、私と一緒の臭いがする人種、3軍だ——！

ああー、びびって損したわ、チクショウ!!（人を外見で判断する女）

「泣かせてない！　むしろ、私が女帝に泣かされたんだから！」

そして、突然強気に出る。

「そうだそうだ！　シノに謝れ！　女帝の性格もどうかと思うよ！」

ミドリコも続き、2人して強気に女帝の彼に言ってやった。

「彼氏なんだから、そうゆうとこ、注意したほうがいいと思う！」

……。

「うるせえ!!」

（しぇー!!　キレタぁぁあ——!!　やっぱ怖い!!）

エンペラーが怒鳴った途端、今までの強気モードはどこへやら、私とミドリコはガクブルとビビり始めた。

「あいつはな……、

『朝倉さんがエリカの彼氏を横取りした』

『誠実な対応を求めたのに約束を破った』

『許せないからエリカのために怒った』

『そうしたら朝倉さんの彼氏・エリカの元彼に蹴られた！』

『朝倉さんがチクッたんだと思う！　ほんと許せない！』

　って言って泣いてたんだよ！」

（エエエ――!?　エエーッ!?）

　確かに間違ってはいない。女帝の視点から見れば、そういう解釈になる！　わかるよ！　わかるよ、でも……！

「ふざけんなよ、クソアマ！　次、男を使ってみろよ！　俺がおまえをぶっころしてやるからな！　ふざけんなよ！　クソが！　ふざけんな！」

（ヒイイイー）

　エンペラーは怒りのまま、私に罵声《ばせい》を浴びせ続けた。

「ふざけんな！」

　5分経過――。

「おまえの名前と顔は忘れないからな！　このドブスが！」

　そのまま10分が経過した。

「ぶっころしてやるからな！　ふざけんなよ！　聞いてんのかぁぁ〜⁉」

気づけば、30分が過ぎようとしていた。

「エット……」

罵倒され続けてもうすぐ1時間が経とうとしている。

（――長ッ！　長！　話長いよ！　ばか！　クッソー！　コノヤロー！　貴重な文化祭の時間を無駄にしやがってェェエ……！）

もう我慢の限界だ。いい加減こっちも言い返してやる！

「ふざけんなって何回言えば気が済むんですか？　それしか言えないの⁉」（※小声）

「言われすぎて逆に怖くないし！　ばっかじゃないの⁉」（※小声）

ミドリコも続く。

……。

「なに言ってるか聞こえねぇんだよぉ！」

（ですよねー！）

「いいか！　もう二度と女帝を泣かせたら許さない！　あいつとかかわったら、ぶっころしてやるからな！」

ぺっ！　私のほっぺにペチャ――と、エンペラーの吐いた唾が飛んできた。

「このクソ女！」

吐き捨てるように叫び、エンペラーは去っていった。


「ウッウッ、汚い……」

「お疲れ……ほれ」

ミドリコから渡されたティッシュで唾をふき取る。

「なんだったの、あの人？　頭おかしいんじゃないの？」

ミドリコがぷりぷり怒っていた。

「ウン……。また女帝関連か……て、感じだ」

「でもさー、佐山くんゲットできたんだから良いでしょ！　その分苦労しなよおぉぉ。あたしなんてさあ……。あんたに邪魔されて徳川くんをさあ……ネチネチネチネチ……」

「はい、ごめんなさい！」

「……じゃ、あたしはそろそろ教室もどるわー。またねー」

「うん。またね――」

ミドリコを見送りながらググ……と伸びをする。は――、終わった終わった。長かったなー、エンペラー。うざかったな、エンペラー。

（エート、時間は今……）

――――！　に……2時間も経ってる！　さすがにマズイ。受付サボって来たんだった。さっさと持ち場に戻らないと……。

慌てて駆け出そうとしたとき、カグヤちゃんがそれはもうすさまじい形相で走ってきた。

「シシシシ、シノちゃん！　ヤバイッ」

「どうしたの？」

なんだ⁉　なにがやばいと言うの！　さっきのエンペラーはさすがにやばかったと思うけど。

「みんな、キレてる！」

「………？」

なに？　私のいない間にクラスでなにかあったの？

「なに？　誰に⁉」

「シノちゃんに！」

「エッ……」

頭に思い浮かんだのは、うちのクラスの文化祭にかける情熱だった。

「マジありえないんだけどー！」

教室の前に着いたら、中から怒鳴り声が聞こえた。

「いくらケイジの彼女だからって許せない！」

「1人冷めた人がいるだけで、全部ぶち壊しじゃん！」

「サボるくらいなら最初からやるなよ！　って！」

キレている。間違いなくみなさん、キレていらっしゃる。ギャル軍団がプンスカプンスカしていた。

「冷めるわ、ほんと！」

「真面目にやってる、うちらが馬鹿みたいじゃん！」

（で・す・よ・ね・……）

「……大丈夫！　あやまろっ？　シノちゃんなりに理由があったんだよね？」

カグヤちゃんが優しく声をかけてきてくれる。

「り、理由……」

エンペラーに絡まれてましたってか。でも、ミドリコと軽い遊び気分だったのも事実。「受付ほっといて大丈夫」と判断したのも私。

ワァァー、理由なんてない！

「ウゥウ……エイヤーッ！」

バ——ンッ！

ウジウジしていても仕方ないので、勢いよく教室に入った。さっきまで喋っていたギャル軍団が、一斉に口を閉ざす。

シーン……。

教室に入った瞬間、シーン。

マンガの世界じゃないのに、「シーン」って音が実際に聞こえたくらい、一瞬で冷たい静寂が流れた。

この間まで、

「あはは。朝倉さんってば、ケイジに愛されてるね～」

「ウケる。あははは、朝倉さん、あはははは」

なんてからかわれていた、あの楽しかった日々がまるで夢のよう。

「あの、すみませんでした……」

私は、即座に怒っていたギャル軍団に謝った。目を見合わせるギャルたち。

「本当にその……ごめんなさい」

「あ、別に気にしないで、イイょ？」

「エッ」

「そぅそぅ♪　朝倉さんも、理由があったんでしょ？」

「別にアタシら怒ってないし♪」

「あ、そ、そうなんだ……」

（ぜってー、嘘ー！　さっきまで怒ってたじゃん！　許されない雰囲気だったじゃんんん！）

　まだエンペラーよろしく、罵倒され責められたほうがスッキリするような気がする。

「で、でも本当にごめんなさい……」

「ぇ～？　別にホントいいから！」

「でも今休憩時間だから、終わったらまた開始だから覚えておいてね？」

「うん……わかった……」

（わ、わ――い。許してくれたぞー……？）

「よかったね、シノちゃん！」

　カグヤちゃんがほっとしたように言う。

　しかし、ギャル軍団のうちの１人が口火を切った。

「つーか、これじゃ朝倉さんのためにならないから、アタシは言うけど」

怒っていたときと同じトーンで声をあげた。

「う、うん……」

「アタシら、がんばって文化祭の準備してたんだ。朝倉さんは興味なかったかもしれないケド」

「いやそんなことないよ……」

とは言ったものの、確かに徳川くんのクラスの手伝いしてたり、クラスには非協力的だった。

「だからさ、そんな堂々とサボられたりすると、こっちのやる気が削《そ》がれるんだ」

「うん……」

「もうこうゆうのやめてね！　以上！　そんだけ！」

「はい……」

　これでもか、というくらい落ち込んだ。


「気にすんなよ」

「気にする……。はああ……ケイジも怒った？」

「俺は別に。つーか、みんなそこまでキレてねぇって！　気にしすぎ！」

「ケイジにはわからないんだよ。ただでさえハブられてる教室で、みんなを怒らせるなんて……」

（どれだけ致命的かっつーことをな……！）

「だからそこまで怒ってねえって！」

「ちょっとは怒ったってことじゃんんん！　もうやだ、生きてけない、確実にしねる」

（ああ……あのときなんでエンペラーのところなんて行っちゃったんだ！　ぬあぁぁぁぁん、私のばかばか）

「つーか、なんでサボったんだよ」

「えー？」

「シノがサボるとかめずらしいなーと」

……。

「……だって…………女帝がぁぁぁあ」

「またアイツ？」

「違う。女帝の彼氏から電話かかってきてさ……」

事の顛末《てんまつ》を話し終えると、体育座りの体勢でワァッと泣いた。

「もう全部あいつのせいだよ。私がクラスと気まずいの、あいつのせい。すべてそうゆうことにしよう。絶対ゆるせない本当ゆるせないおのれ、エンペラーめ。ウワーン」

「……女帝の彼氏のとこ一緒に行くか？」

「……エッ」

「やられたらやり返せよ」

「エー！　いいよー。私のことは気にしないで」

「やられっぱなしは、俺の性に合わん！」

ケイジ……。まるで自分のことのように……。ありがとう……。

「でも、いい！　今の私の問題は女帝じゃねえ！　クラスだ！」

「だから気にすんなって！　つーか……俺もサボってたしな！」

……。

「え？　サボ……え？」

「ウサギとかやってられっかよ。フッツーにほかのクラスで遊んでました」

「え？　え？　アレ……」

（ワア、そうなんだあ！）

じゃあ、エンペラーをケイジにまかせてもなんの問題もなかったなあ。やっぱり、あのときケイジにまかせればよかったなあ……。

「ケイジのばかー！」

「俺⁉」

ウワーン。やることなすこと裏目にいく……。

「おら、ウジウジすんな」

「だってさぁ……」

「俺の知ってるラオウはもっと強い。おまえならいける。立ち上がれ、シノ。パンチも鈍るぞ。黄金の右の持ち主が何やってんだ。座ってねーで、さっさとエンペラーのとこ行くぞ」

ケイジが手を差し出す。

「……。……ウゥ……」

差し出された手をおそるおそるつかむと、強く握り返された。


ガッシャーン！

ケイジが蹴り飛ばした机が一斉に散らばる。その場にいたエンペラーが身を寄せながら縮こまった。

「なっ、なにす……」

エンペラーが声を張り上げかけたものの、先ほどの気迫はなかった。

「シノが世話になったみたいで」

言うやいなや、エンペラーを壁に押しつけ胸ぐらをわしづかみにした。そのケイジの後ろで、私はフフンと強気に振る舞った。

虎の威を借るキツネ……そう呼ばれても構わない。いけいけケイジ！　ゴーゴーケイジ！

「てめぇクソ女！　また男使いやが……」

「クソってなんだコラ」

「お……俺は悪くない！　そ、その、ああ朝倉シノが悪いんだからな、じょ、女帝を」

「アァ!?　あれはシノのせいじゃねーってんだろうが！」

「ヒィッ……」

フレーフレー！　ケ・イ……。

「だ、だっ、だけどっ……原因は」

「アァ!?」

ケイジがエンペラーの首を絞める勢いでさらに詰め寄る。

その姿に私はさらに応援を……。

（……ギョ、ギョエー！　コワイ！）

できなかった。もうエンペラーぶっころすとかどうでもよくなっていた。

（――ケイジが怖い！）

私のために怒ってくれているのも理解している。だけど、3軍であるエンペラーに1軍のケイジが詰め寄っているその姿……。

「おい！　シノ、お前もなんか言ってや……シノ？」

「……私……思い出しちゃった……」

私は青ざめていた。

「ああ、さっきのことか……まあ傷つく気持ちはわか……」

「一番初めに、ケイジが私の机を蹴り飛ばしたこと」

ドーン。

「そっち!?」

「だって、アレ怖かったんだもん……」

「………。……アレについては、す、すみません」

「あ〜、コワイ〜。ケイジコワ〜イ。オ〜、コワイコワイ」

私は、ススス、と後ずさった。

「おい……」

「ちかよらないでっ、不良め！」

「……おい!!」

踵《きびす》を返すと、私はダダダーッと大きな足音をたてて駆け出した。

（ウワ――！　ケイジ怖い、どうしよう！）

そうだ、佐山ケイジは不良だったたって忘れてた。

（怖いよー、怖いよー。むりむり。だめだ、ああいう人むり。さよならケイジ。フォーエバーケイジ……）

「シノ！」

「ギャア」

腕をつかまれる。

「ウワー、びびびびっくりした」

「びっくりしたのは、こっちだ！」

「ウ……。だって、ケイジ怖かったんだもん」

「怖いって。いや……ヒビらせたのは謝るけど」

「いえ、こちらこそ私のためにしてくださったのに、逃げてしまい誠に申し訳ありません……」

「敬語⁉　あと、最初に机を蹴り飛ばしたのも謝る。あの時は、虫の居所が悪かったんだと思う。うん。あまり覚えてねーけど！」

「別にそれはいいよ！　それはいいんだけど……！」

「なんだよ」

「なんか弱いものイジメしてるみたいで……私と重ねたっていうか……！」

「重ねた……？」

「だって1軍がさぁ、ああやってさぁ」

「あのな！　お前がどう思おうが勝手だが、エンペラーのことは謝らねーぞ。俺は売られたケンカを買っただけだ」

………。

「なんか、ケイジの気持ち考えず……怖がっちゃってごめんなさい……」

「……俺が怖かったですか」

「うん、こわ……」

そう言いながらケイジを見る。見る。凝視する。

「アレ……なんか、ただのケイジに見えてきた」

「おい」

「フ～、よかった、ただのケイジだ。あ、エンペラーどうだった？」

「おまえ、ほんっと軽い女だな!?」

「だって、さっきのケイジはこわかったけど、今のケイジ怖くないんだもん！」

「………………」

「エヘエヘ」

呆れたように見られたので、とりあえず笑っといた。

「……まぁ、エンペラーについては、去り際に『文句あるなら今度は俺のところに来い、来ないなら直接行く』って言ってしまったが、これは脅迫罪に当たるか当たらないのかそれが心配だ」

「……ッ……ケイジ……!!」

私はびくっと肩を震わす。

「あ、ワリィ。また怖がらせるつもりは……」

「ここは『やめて！　私のためにケンカしないで！』って言うところ!?」

「違っ!?」

「ア〜ア、ちょっと今のセリフはキュンときちゃった、ア〜ア〜」

「……お前のツボがマジで理解不能です、朝倉さん！」

「エヘエヘ」

「ったく……」

呆れ顔で手を差し出されると、もう一度しっかりとつかんだ。

「あ……」

「ん？」

「……あの……エーット……あのねー、ケイジ、あのね……」

……。

「なんかね、今まで冗談でしか言ったことないし、この文化祭のテンションなら言える！　と思って」

「なにが？」

「――――」

そこでちょっとだけケイジの顔を見た。もっと見た。

「す、好き……」

「……」

です……。的な……。

「……ウウゥワアー……！　ちょっとー！　アレ、なんかこれ普通に言っといて……照れる……。ギャアー!?　なんだこれめっちゃ照れるよ。なんてこと言わせるんだヨ!!」

「つーか照れんなら、なんも言わんでいい!!　もらいゲロじゃねーけど、俺まで照れるわ!!」

「だって！」

　お互い多分、顔が赤い。

「……ウワーン、くたばれケイジ！」

「俺!?」

「うるさい！」

　ワァァアア――!!

　恥ずかしさをごまかすため持っていた鞄で、ケイジの背中をばしばし叩きまくる。それからもう一度だけ背中越しに、聞こえるか聞こえないかのとても小さい声で気持ちを伝えた。


　打ち上げは、高校生活最後ということで大盛り上がりだった。3学年で川辺に行き、夜遅くまで続いた。食べ物、飲み物もたくさんあって、飲めや歌えやの大騒ぎ。

「う――す。なんか食いもん持ってこようか？」

　散々騒いだケイジが、ふらりと私のもとへ訪れた。

「いらなーい。お酒のつまみばっかなんだもん――」

「あー、それもそうか。お菓子でも持ってくる？」

「いらない、太る！」

「じゃあ、なにがほしいんだよ」

「なにもいらないから隣に座ってくださいませんかね、ひとりだよ助けて孤独死する！」

「はいはい」

　ドカッと音を立てて、ケイジが隣に座る。

「まぁ、飲み物くらいなら持ってこようと思ったんだが」

「あーそうだね。喉《のど》かわいたなー。どうしよー、お酒あるなら飲んじゃおうかな」

「えーと……朝倉さん俺と一緒で未成年じゃなかったですか。俺の記憶違いか……？」

「え？　未成年だよ。それが、なにか？」

「おい、未成年」

「ケイジは飲まないとでもいうの？」

「飲まねー」

　エ……。エェェエェ!?

「なに……なにいってるの!?　なにいってるの!?　きもいよ!?　不良がなにをいってるの!?

不良じゃなくてもみんな今どきの子は飲んでるよ！　多分」

「うるせー！」

「ケイジが飲まないなら私が飲んでこようかな」

「おい、未成年！」

「デヘヘ」

「いいから俺と一緒のときは酒飲むな！　部屋で飲んでろ！」

「は――い」

「しかし、ひとりで飲ませるのも絵的にビミョーなんで、俺も付き合う。家で飲むときは。……飲んだことねーけど」

「飲んだことないの!?」

「自己管理に関しては、俺はストイックなんです」

「まあ私もないけど」

「ないのかよ！　一緒じゃねーか！」

　お酒を飲まないケイジと私が未成年の健全な会話をしているところに、相変わらず爽《さわ》やかな笑顔をふりまきながら、徳川くんが向かってくる。

「シノちゃん、佐山くんー！」

「あ、徳川くん。テンション高いね！　お酒飲んでる？」

「まさかー。飲んでないよ。雰囲気にのまれたねー。アレ、佐山くんは？　飲まないの？」

「や、未成年だから……」

「エ？　何の冗談？　怖いんだけど……不良なのに？」

「冗談じゃねーし、不良じゃね——し」

「ギャップがね、ギャップがね。普段のイメージがね」

「俺のイメージってなんなんだ……」

ケイジが口を尖《とが》らせる。

「……そう言う徳川くんは、飲まないの？？」

「あ、ほら、僕、日本酒派だから。向こうにあるのってビールとかサワーばっかりじゃない」

渋！！！

「オッサンくさいよ、徳川くん！　オッサン徳川だ」

「オッサンオッサンって若い男子をつかまえておいて」

「なんか用ですか、オッサン」

「佐山くんまで⁉」

「加齢臭がするぞ、オッサン」

「ほんとだ、臭すぎる」

「わ——、今僕イジメられてる。これ、イジメられてる。あ、そうそう。シノちゃん文化祭、手伝ってくれてありがとうね。これ2人で食べてね」

　徳川くんが差し出したのは、湯気がたっているほくほくのおでんだった。

「わ――！　寒かったから嬉しい！」

「オッサンって言って、すいませんでした」

　ケイジが頭を下げる。

「コンビニの安物おでんだけどね！」

「よお、オッサン」

「豹変《ひょうへん》はや！」

「いやまじ食べるものなかったから嬉しいっす」

「それじゃあ2人の邪魔しないよう退散するね」

「別に気にしないでいいのにー」

　去っていく徳川くんを眺めながら、ケイジがポツリと呟く。

「……文化祭、楽しかったなー」

「ウン！　リューくんに軽い殺意めばえたけど、楽しかったね！」

「みんな騒いでるなぁ」

「うん」

「……2人っきりになりたいなー、と思ってたり」

「うん……。……うん？」

「嫌ならいいけど」

「な……なるなる、2人っきりになる！　なりたい！　なる！」

「よし、じゃあ、どっか行くか」

「うん……！」

みんなにバレないよう、コッソリとキスして、2人で静かな場所に出かけた。

7章　デンジャラス

「ねえねえ、ケイジ。シノとＳＭプレイした？」

「やっぱシノのひいた目はリューの仕業か。そうか。殴ろう」

「なに言ってんの。マンネリにならないよう、親友のおれからのアドバイスだよ」

「それはアドバイスか。確かにマンネリは解消するだろうが、その前に仲が壊れる。よし、殴ろう」

「あのね、シノが本気で信じるよう、あちこちにＳＭ雑誌を仕込んでおいたんだ、ケイジの机に。さすがおれ、恋愛の達人だよね」

「お前はやはり俺の知らない間におかしなことをしていたわけか。絶対に、殴ろう。達人系とか自分を勘違いしてるリューの頭は一度叩いて直したほうがいいな。殴り飛ばそう。決めたよ、俺！」

　先程、ケイジにＳＭの性癖があるとリューくんに吹き込まれ、私は完全にその話を信じていた。ケイジの怒りを買ったリューくんだった。

「なになに⁉　ケイちゃんってば、誰を殴るのー！　うちも交ぜてー！」

「よし、メイ。リューを思いっきり殴れ」

「ほい！」

「って、それ木製バッ……あぶねぇえええぇ！　かすったー⁉　なんで俺に向けた⁉」

「……あれ？　ケイちゃんを殴るんじゃないの？」

「違うわ⁉」

実は、このクラスには、ケイジとは小学校からの友達のメイちゃんという子がいる。目立つオレンジピンクのミディアムボブヘア。細長い手足に長い睫《まつげ》、白い肌。お人形みたいな容姿を持つ完璧女子だ。

「じゃあリューくんに……リュー！　しね――！」

「ぎゃー⁉　ケイジたすけて！」

でも、頭が致命的に狂っていた。そんな彼女が残した事件は、数え切れなかった。

【メイちゃん事件簿　その1：影響を受けやすい】

去りし日のケイジの女帝への飛び蹴りをメイちゃんは目撃していた。

「うずうず」

「どうしたの、メイ……？」

「カグヤぁー、そこ立っててくれる？」

「うん。わかった。でも、なんで？」

「トリャー！」

メイちゃんがカグヤちゃんめがけて飛んだ。

ド――――ンッ！

直後、カグヤちゃんに飛び蹴りが決まった。

ガラガラガッシャ――ン！

洒落にならない格好でカグヤちゃんは吹っ飛ぶ。

「やったー！　やったー！」

メイちゃんは満足げだった。

「ふ…………」

あの優しいカグヤちゃんがゆっくりと体を起こし、

「ふざけんじゃねぇよ！」

とブチギレた。


【メイちゃん事件簿　その2：落ちたら3秒ルール】

お昼休みのことだった。

「ムハァー！　おなかすいたー！　お昼だー！　今日のおかずは、な・に・か・な？」

メイちゃんが自分のお弁当の中身を見て、鼻息を荒くしている。

「ハンバーグ！　今日はハンバーグちゃんだぁ！　ハァハァ……！　ご馳走！　ハァハァ〜！　よ、よぉーし……！　食〜べ〜ちゃ〜う〜ぞ〜！　ムハァ……！」

お箸を持つ手がプルプルしてるもんだから、ケイジが思わず声をかけた。

「メイ、なに食ってんだ」

「ギャ⁉」

いきなり話しかけられてビックリしたメイちゃんのお箸からハンバーグがズルンベチャッて落ちた。

「ギャ――――！」

「うお⁉」

落ちたハンバーグを見て叫ぶメイちゃんに、そりゃもうケイジのほうがびっくりしていた。

「ギャギャ、ギャギャギャ！　さ……。……3秒ルール！　おりゃー！」

そう言って、メイちゃんは床に落ちたハンバーグをササッと救出した。

「それ実行するやつ初めて見たぞ……！」

「ハンバーグちゃん、おいしいよ！　ケイちゃんも食べる？」

「遠慮しとく……」

【メイちゃん事件簿　その3：消えた眼鏡】

眼鏡をかけていた徳川くんにメイちゃんが近づいてきた。

「ねえねえ、徳川くん」

「ん？　なあに？」

「それ、うちの眼鏡？」

……。

「え？　いや、僕の……」

「うちの？」

「え？　僕の……え？」

「うち、10年くらい前に眼鏡、海に投げちゃってさ……その眼鏡を持ってきてくれたのかと……」

「そ、そうなんだ……なんで投げたの」

「オノレー！　返せ徳川くんめーッ！」

「ワッ!?」

眼鏡を奪い取るとメイちゃんはダッシュで逃げて行った。

「なんなの、あの子…⁉」

【メイちゃん事件簿　その4：ハゲしい気性】

私が卵たっぷり入ったミルクシェーキを飲んでいると、メイちゃんが走って向かってきた。

「シノさん、シノさん！」

「え、なに？　どうした？」

「うちの髪がハゲてるよぉ！」

「ハゲてるってか……メイちゃん、髪の毛少ないから、ハゲてるように見えるんじゃないの？」

「ちがう‼　うちのアタマはハゲてる！　貸して！」

私からミルクシェーキを奪ったその瞬間、バシャバシャ〜〜！　ミルクシェーキを自分の頭にかけた。

「……エエエエエ——！」

私は恐怖を感じて、恐れおののいた。

「卵が髪にいいっていうから……冷たい……」

「エエエエエエエエ————！」

「つめたいよおおおぉぉぉぉ。シノさん、つめたいよおおお!」

「ヒィィィ――!」

まとめると、おバカな子だった。そしてこのメイちゃんには、「佐山ケイジのことを小学校からずっと好き」という、とても有名な噂があった。

「朝倉さん、気をつけないとメイにとられちゃうよ?」

「え~?」

クラスメイトの忠告を「あはは」と笑って軽く流す。だって、それが本当かどうかはおいといて、いくらかわいくても、メイちゃんってあんなんだし。

(ま、ケイジも好きになることは、ないだろー)

と、たかをくくっていた。

ある日、学校帰りにみんなで映画を観ようという話になった。

「僕、観たい映画があるんだよね!」

おおっー、ナイス徳川くん! それは前から私も観たいと思っていた映画!

「ハイハイー! 私も観たいです!」

「お、じゃあ、放課後にでも4人で行くか。なんか前、4人でどっかで遊ぶ約束してなかったか」

佐山がカグヤちゃんに向かって言った。

「してたしてた！　じゃあ今日遊ぼうっ？……って言いたいところなんだけど、メイと放課後遊ぶ約束しちゃったから……」

「あ、そうなんだー、ざんね……」

「メイを断ってくるね」

「あ……ウン」

（メイちゃんの扱いかわいそうー）と思いつつも、止める暇もなく、カグヤちゃんはメイちゃんに向かって歩き出した。

「ねえ、メイ」

「うん？」

「今日、シノちゃんたちと映画を観に行くことになったから、一緒に遊べないの」

「え……うちはハブなんだ……」

「え？」

「なんだよ、おハブかよお！　うちだって映画観たいよぉ！」

「……えっと……」

「ウワァァァアアアアアアア！　ばカグヤぁぁぁ」

メイちゃんが喚《わめ》きながら、こちらに向かって来た。

「ねぇ、ケイちゃん！　いいでしょ！　うちもうちも！」

「お前がいると、めんどくせーんだよ……」

「ウワァアァン、ケイちゃんまでひどぃいぃい！　ねぇ、シノさんもいいでしょ！」

「……エ！　エット」

「だめ？　うち、だめなの……？」

そんな潤んだ瞳で見られたら……、

「……ウ、ウウン、そんなことないよ！　一緒に行こ！」

「やったー！」

私が折れた。「バカ」ってケイジが小声で言ってきた。

だって、あんなかわいい瞳でみられたら、無理無理！　折れちゃうよ！　かわいいんだもん、かわいいは正義だ。

というわけで、メイちゃんも加わり、5人で映画を観に行くことになった。

しかし、今思えばこれがトラブルの始まりだったのかもしれない。

「ん――、上映時間間に合うかなあ……？」

徳川くんが急ぎ足で駅のホームに向かう。

「大丈夫！　この電車に乗れば間に合うハズ」

「だったら、みんなダッシュダッシュ」

了解‼　と、高校生5人が駅で迷惑顧みず、電車に向かって駆け出す。「発車します」とアナウンスが流れたとき、私たちはまだホームに向かって、階段を上っている最中だった。

（だ、だめだー電車が行ってしまうー！）

「あと一歩で電車の扉が閉まる――ッ！」と、あきらめかけていたそのとき、

「――絶対、間に合うよ！」

そう叫んで、ダダダダーッ！　メイちゃんが高速で階段を駆けあがっていく。

（メ、メイちゃん！）

すごい速い！　速すぎ！　なんだ、あれ？　体育もそれくらい本気で走れよ！　速い速い！　間に合え、間に合え、メ――イッ！

ガシャ――――ンッ！

「……はぁはぁ！　ま、間に合った？」

「まだ、電車出発してな……」

遅れて、私たちも階段を上り終わった。だけど……。

「え……」

見間違いかなあー。電車の扉の間に、頭だけ挟まってる人がいる、って……。

「みんなぁ！　間に合ったよぉ〜〜〜！」

って、再び扉が開いたあと、すっごいイイ笑顔で、私たち4人を誘導してる女子高生がいるなあって。

（まさか……メイちゃんだったなんて……）

ほんと……見間違いだと……いいなあ……って。

乗客のみなさんが驚愕の表情を浮かべていた。

「もー、ほんと恥ずかしいよ、メイちゃん！」

「頭いたい……」

「そりゃそうだよ！」

「あ、ねぇねぇ、シノさん、このゲームおもしろいよ!!」

メイちゃんは懲りずに携帯アプリのゲームを見せてくる。

「へー、なになに、どれどれ」

「シノさんもやってね！　説明するね！　これがさ……」

「うん」

「……これが……」

「……？　メイちゃん？」

「…………」

　メイちゃんは、説明の途中でゲームに集中してしまった。

「……メイちゃん……？」

「……くそ……ピンチ……ブツブツ」

　完全に説明放棄でゲームに夢中である。

「えーと……」

「……ぬぃおぉぉおぉ、やられた！　むかつくー!!」

（エエエー！　私の存在を完全に忘れているー）

「はい！　シノさんちょっとやってみて！」

「う、うん……エーわかんないよ！」

　とかなんとかやってるうちに、電車は進んでいて、

「●●●駅～　●●●駅～」

と、到着した駅のホームにはハトがいた。

「あ、ハトだ」

次の瞬間、メイちゃんは突然ハトの声真似をし始めた。

「ぽーぽぽ」

「え……。……メイちゃん……？」

「ぽーぽぽぽぽぽ」

「あ……頭だいじょうぶ？？」

そしてハトの真似をしながら、「ぽーぽぽー」と、ホームのハトに近づいていく。ホームのハトに近づくっていうか、間違いなく、ホームに足を着いていた。ハトを追いかけて電車を降りていた。

「あっちょ、メイちゃ……」

プシュー！

電車の扉がしまった。

「あ……」

ガタンガタン……。

メイちゃんをおいて、電車は進んでいった。

「――メイィィィイイ！！！」

カグヤちゃんが車内で思わず叫んだ。

「なんで⁉　なんで出てったの⁉」

「ハ、ハトの物真似してたみたい……」

「なんで⁉　なんで⁉」

「わからない……！」

「あぁ、もうメイはこれだから！　じゃあ仕方ないから携帯に連絡するねっ」

「け、携帯……？」

メイちゃんの携帯は、さっきのゲームを引き継いだので（？）私が持っている。

ケイジが盛大にため息を吐いた。

「……よし！　んじゃこうしよう！　お前ら先に行ってろ！　俺があのバカ連れてくるわ……」

「あ、ありがとうケイジ！　それじゃ、私たちチケット買って先に待ってるね！」

「おう」

ケイジは駅に着くと、すぐに反対のホームに走って、メイちゃんが降り立った駅を目指した。

私たちはひと足先に映画館で、メイちゃんとケイジを待った。ひたすら待ち続け……、映画の上映時間はとっくに過ぎていた。

「あ、ケイジ！」

ケイジとメイちゃんの姿が遠くに見えた。「ようやく来た！」と思ったら、

「おまえ、ほんと、フザけんなよ！」

「もぐもぐもぐ」

メイちゃんは何かを食べている。

「な、なにやってたの、メイちゃん！」

「マクドナルド行ってた。むしゃむしゃ」

イラッとするカグヤちゃんに、ケイジが慌てた。

「ごめん！　止められなかった……！　つーか、気づいたらいなくなってて、探したらマクドナルドにいたっつー……」

「佐山くんは悪くないよ。メイのせいで映画間に合わなかったじゃない！」

カグヤちゃんの説教にようやくメイちゃんがハッとした表情をする。

「……う、うち……。ハンバーガー食べたくて……ご、ごめんなさい……しょぼん……」

へ、へコんでる！　スゲーへコんでる！　なんか…なんか……、

(かわいい……！　きゅん)

「まー、仕方ないよね、メイちゃんだし！」

「そうだよねー」

メイちゃんなら仕方ないよねー、と徳川くんと私が笑う。

アハハ……。ウフフ……。

「2人ともメイに甘いよ！　これじゃ、いつまでも反省しない！」

「ひぃ！」

カグヤちゃんに怒られた。ケイジも続く。

「カグヤの言うとおり。次ハンバーガー食べたいなら声かけてけよ」

「ケイちゃん……」

メイちゃんはとても悲しそうな顔をした。

「……そんなにメイと一緒にハンバーガー食べたかったの……？」
ポ、ポジティブー！
「ちげーよ！　集団行動しろっつってんだよ！」

「照れなくてもいいのにぃ。～ぷぷぅ～メイマニアのくせにぃ」

「う、うぜー」

「仕方ないから、他の映画観ようよー」

私の案にメイちゃんが目を輝かせた。

「さすがシノさん！　ケイちゃんと違って優しい！」

「おまえは反省しろ、マジで！」

「ほ――――い」

（仲良いなー……）

　この2人のやりとりは、幼い子どもと、そのお父さん的な様子で、とってもかわいくて、微笑ましかった。

「ん――――もう夜だ――あっという間だー。面白かったー」

　映画が終わった頃には既に日も落ち、辺りは真っ暗になっていた。5人で騒ぎながら最寄りの駅を目指す。

「この5人で遊ぶのおもしれーな」

「ほんとほんとー！　楽しかった！」

「また集まろうよー！……ん……？」

　前方に駅前でたむろしている不良集団が現れた。髪の毛が光り輝く彼らは、ニヤニヤと笑いながら、こちらを見ていたり、見ていなかったり、チラ見したりしていた。

「ヒ――ッ……！　なんか睨んでない？　睨んでない？」

「え？　なんだよ」

「だから、ほらっ！　あそこの人た……」

言い終わる前に、不良軍団がのしのしと、こちらに向かってくる。

「ギャ、きたきたき――……」

「ケイジ〜〜、ひさしぶりじゃん」

「あ――、おまえらか。うい――す」

　って知り合い!?

「……ん？　ケイジの彼女？」

私の存在に気づいたらしい。

「エッ、あ、………」

ハイ、ってドギマギしながら頷こうとしたら、

「彼女じゃねぇ!!」

ケイジが間髪いれずに否定した。

（エッ……！）

ガ――――ン。

それはアレ？　こんな地味な女を不良仲間に紹介できっかよ！　っていう……。

「ソイツはただのクラスメイト。彼女はこっち！」

「あ……？」

不良仲間は、メイちゃんから私へと視線を変えた。

「あ～、なんだ、こっちか」

「あ、はい、そうです……」

……わぁぁぁ……！　ビックリしたー！　ケイジが私を紹介するのを恥ずかしがってるのかと思った。

（……アレ？）

「てことは、メイちゃんと間違われたってこと……？」

（ま、まぁ、メイちゃんかわいいしね。対する私は、なんかこう、終わってるしね。主に顔とか………）

「……それはそれで、すごい複雑なんですけど！」

「あははあははは！　シノちゃん、ウケる、今の！」

「ちょ……!?　笑いすぎだよ、徳川くん！」

「あははっははは、はぁはぁ、面白い」

「も――！」

それから、ケイジが不良軍団と談笑を始める。カグヤちゃんとメイちゃんも、不良の輪の中に入れるのがすごいなぁ、と純粋に思う。

「怖くて無理じゃんね」

「だよね、無理だよね」

徳川くんが隣で一緒に同意してくれた。

「……アレ！　徳川くんがおる！　一番、簡単に輪に入れそうな人が！」

「いやぁ、僕はシノちゃんの相手で一杯一杯だからさ」

「ちょ……！」

でも、徳川くんがいなくなると、私はポツーンになる。

「……ありがとう……」

「うん、お礼と言ってはなんだけど、温かい飲み物とか買ってこないでいいからね！　ほんといいからね！　すごく寒いからシノちゃんのマフラーかして、とかも言わないからね！」

すごいチラチラ物乞いされてる。

「まぁ確かに寒い……！　鼻水出てきたヨ。出てきたっていうか、食べそうな勢い」

「わ——。シノちゃん、それ女の子として終わってるよ……！　はい、ハンカチ」

「ありがと……ヂ————ンッ！」

「お、お約束ーっ」

鼻を啜《すす》りながら、2人で隅っこにいると、

「なあ、おい。誰か温かい飲み物でも買ってこい」

不良の誰かがナイスタイミングで言った。

「じゃー、俺が買ってくるよ」

ケイジが買い出し役を名乗り出た。

「てきとーでいいよな？」

「ワリーな。頼むー」

「おう」

————ブルンッ！

エンジンをかけて、ケイジは誰かの原チャで走り出した。

「……佐山くんってホント、面倒見が良いっていうか、なんていうか」

様子を見ていた徳川くんが、くすくす笑いながら喋る。

「尻に敷いてる感じでしょ？　シノちゃんが、佐山くんを」

「あっ、わかるぅ～？　ケイジは私に忠実っていうかぁ～」

「まぁ、ベッドだと佐山くんが主導権とると思うけど」

「ちょ、だまれ。徳川だまれ。その口塞ぐぞ」

「わーっ、シノちゃんに殺されるーっ。キャッキャ」

ガッシャアアアア――ン！

突然、辺りに響く転倒音。

ケイジを乗せた原チャが走り始めたと思ったら、唐突に転倒した。

「いっっ……」

ひどい転倒のしかたで、ケイジの額からは血も出ていた。

「――ケイジ！」

「ケイちゃん！」

私とメイちゃんと不良仲間たちがが慌てて駆け寄った。

「……ケ、ケイジ、大丈夫……!?　血だらけ！」

「いってー。わかんねー。ひねったかも」

「う、動ける!?」

「……いつつ……無理……！　足うごかねー」

「じゃあ、救急車呼ばないと！」

「わかった！」

メイちゃんは大きく頷くと、ケイジから原チャをどけた。

「ん？　メイちゃん……？」

そしてブルンッ……！　と原チャのエンジンをかけたと思ったら。

ブオ――――――ン……。

原チャに乗って、去って行った。

「……なんで!?」

「き、きっとメイのことだから、直接、救急車呼びに行ったんじゃないかな」

カグヤちゃんの話に徳川くんがひきつった笑いを浮かべた。

「あ、ありうる……」

「ちょぉぉ……直接って！　ケイジの一大事なのに！　じゃあ私が電話するね！　１１９……」

しかし、メイちゃんは予想のはるか右斜め上を飛んでいた。

「ケイちゃぁぁん！　みんなぁぁぁぁ！」

「あ！　メイが戻ってきた！」

「ごめん、メイちゃん！　救急車呼んだから、もう行かなくていい……」

ぶんぶん手をふって、満面の笑みを浮かべるメイちゃんの左手には、スーパーの袋があった。

「ケイちゃんのかわりに、ジュース買ってきたよー！」

（って、エエエエエエエッエエエエ――――！）

「ジュースって！」

「だって、ドリンク買ってこないと、ケイちゃんが不良仲間に睨まれるからね」

「エエエ」

その気遣い、今必要!?

「……ぶっ」

ケイジが噴き出す。

「あ――ははは、メイのヤツ、ほんと、頭おかしい」

「ケイちゃん、大丈夫？」

「おまえ、ほんっとヤバイな！　はーはははは」

「ケイちゃん、転んで頭おかしくなったね？」

「頭おかしいの、あなたですからー！」

「うちの頭はおかしくない！　ハゲてないぃぃぃぃ！」

「ハゲとは言ってねー！」

こんなときでも、仲が良い2人の姿をほのぼのとした気持ちで、私はただ笑って見ていた。

きっとこれが、2人の距離が縮まった瞬間だったのに。


クラスでは、ひとりぼっちの私を見かねてケイジはよく一緒にいてくれた。

「おまえ1人で食べてんのかよ！」

そう言われて以来、お昼ごはんも、休み時間も、なるべくいつも一緒にいてくれた。

でも、ケイジはだんだんメイちゃんと一緒にいることが多くなってきた。


「ごめーん、ケイジ、待った？　暇してた？」

この頃、私は友達の部活の手伝いで帰りが遅くなることが多かった。一緒に帰っているケイジは、私を毎日、待っていてくれた。

最初は1人で。

「シノさん、きたー！」

「あ、メイちゃんもいたんだ」

「メイと待ってたから、暇じゃない……。むしろ暇になりたい」

「じゃあ、うちも帰るね！　シノさんにケイちゃん、ばいびー！」

「ウン、ばいばーい」

いつしか、ケイジはメイちゃんと2人で私を待つパターンになっていた。

「……もうすぐ2月だなー」

「そうだね、もうすぐバレンタインだヨ！　ケイジってチョコ毎年いくつくらい貰うの」

「数えたことねー。なに、くれるんですか」

「えぇー、どうしようかなぁ」

「なんでもいいので、食えるもんお願いします」

「オイ！」

それでも、私には、危機感とかこの時点ではまったく感じていなかった。人の気持ちは絶対じゃないのにね。

「できた――っ!!」

バレンタイン当日。私は、ケイジにホウ酸団子と称した真っ白なトリュフを作った。かわいらしくラッピングして、鞄に押し込んだ。

「……朝倉さん、えーと、今日ってアレじゃないすか」

学校に着くなり尋ねてきたケイジに、キョトンとした顔をする。

「いや、だから」

「今日ってなんかあったっけ？」

「期待した俺がばかでした」

……なんてね！　チョコ貰えるか貰えないかを気にしてるケイジもかわいいなー。もちろん、ちゃんとチョコ用意してるヨー。いつ渡そうかな～、ウキウキ。

なんて考えていたら、ふら～～とメイちゃんが席に近づいてきた。

「うー……」

顔が真っ赤だ。

「メイちゃん……？」

「どうした？」

ただならぬメイちゃんの様子にケイジと顔を見合わせる。

「うー……ウー、ヴー……」

朝から唸《うな》っている。大丈夫か。

「ほ、本当どうしたの……？」

って声をかけようとしたけれど、クラスの雰囲気で察した。

メイちゃんは、震える両手でかわいくラッピングされたチョコを差し出した。

「ケ、ケイちゃん、これ」

「え？」

「ぎ、義理だよ……！　義理だよお！　義理だからね……!!」

メイちゃんは真っ赤になって、本命だということは否定しながら、ケイジにチョコを渡す。

「あ、ああ、サンキュ……」

ケイジが受け取る。

顔をちょう真っ赤にして、義理なんだからねってツンデレぶりを発揮しながら、両手でチョコレートを渡すメイちゃんは、日頃のイメージのギャップと相まって本当にかわいかった。

私もそうだし、ケイジもそうだったと思うんだけど「わぁ――。かわいい――――!!」と本気で思ったはずだ。

あまりにメイちゃんの顔が真っ赤だったから、

「ウケるメイ～！　告っちゃえよー」

「それって、朝倉さんに宣戦布告？」

「佐山～。二股しろ～」

クラス中から定例のからかい声が、わぁっと沸き起こる。

「お前ら大概バカだな！」

ってケイジも否定するんだけど、照れがあった。メイちゃんの気持ちに対して照れている。

「こくーれ！　こーくれ！」

あげく、手拍子までも沸き起こる始末だ。

みんな、わかっている。あくまで冗談、ケイジの彼女は私ってこともそれを学年中が周知してることも承知の上の、あくまで冗談だからこそこんなことができる。

でも、ここにきて、私は初めて危機感を持った。


(今日も待ってるよね……ケイジとメイちゃん……)

いつもの放課後。でも今日は、すぐに声をかけることをやめた。最低だけど、2人の会話を盗み聞きしようと思ったのだ。

(あの2人って、私がいないとこでどんな会話してるんだろう？)

という興味本位の部分と、

(めちゃくちゃ仲良くなってたらどうしよう……)

という嫉妬が入り交じった気持ちで、どきどきしながら、ドア越しに耳を傾ける。

いつものように、ケイジとメイちゃんは楽しげに会話をしていて、メイちゃんが言った。

「うち、彼氏できたよ」

（ってエーッ!!）

「マジで!?」

「うん」

（アワワー!　メイちゃん……彼氏できたんだ……）

ということは、ケイジのことを好きだったわけでもなく、さっきのは本当に義理チョコだったのか。全く心配する必要ないじゃん!!　勝手に嫉妬して、勝手に疑って、2人に悪いことした……。

「今日、告白されたんだー!　人生で初めてだから、ウレシイ」

「うわー、そっかそっか。メイになあ……モノ好きってほんといるんだな……」

「なんだよお、ゲテモン好きって!」

「いや、そこまでは言ってない!」

「うん、エヘヘ……でね」

メイちゃんが恥ずかしそうに笑う。

「ケイちゃんに一番初めに報告したかったんだー」

（ウンウンそっかそっかぁ〜）

2人の話を聞きながら、ウンウン頷く私。

けれど、2人の距離は確かに縮まっていたのだ。

「あれ、なんか寂しい気持ちになるのはなんでだ、俺」

ケイジの口から出た言葉に、私とメイちゃんは固まった。

「いや、うん、俺なに言ってんだ。今のは聞かなかったことにしろ」

「ちょちょちょちょ、ケイちゃん……!!　聞かなかったことって言われても……!!」

（え？　え？）

「……うちも、ケイちゃんに、そう言われると、すごく嬉しい……」

「……あー………」

「ぬぉぉぉ！　ケイちゃんがモテる理由、今わかった！　このド変態！」

「変態じゃねぇぇ」

「そうやって、誰にでも調子のいいこと言って、いろんな女子をたぶらかしてるんだ！」

「あほか!!　誰にでも言わねー」

「え……う……」

メイちゃんの顔が真っ赤になる。

「それってどうゆう意味……」

「あ、いや……」

（っとぉ……。ちょ……ま……聞き間違い？）

と疑いたかった。

（なにこの入りづらい空気？）

このとき、心臓がぎゅーっとつぶれるような気分だった。どうしようもなく、頭にいっぱいのハテナ。わかってるけど、わからない！　わかりたくない！　でも、なんとなくわかってたかも……？　っていう、とにかくハテナの連弾。

しかも、

「つーか、さっきメイから貰ったチョコ見たんですが」

「え……うん」

「『ホウ酸団子を食べろ☆　いつもの復讐☆』ってなんだよ！」

ホウ酸団子、かぶった――!!　確かにこの間、メイちゃん、カグヤちゃん、私の「チョコ」談義で、

「シノちゃんは佐山くんにどんなチョコあげるの？」

「ウーン。チョコと称したホウ酸団子あげようかな！」

「ホウ酸団子だったら白トリュフだね」

「ケイちゃんなら大丈夫！　本物のホウ酸団子をあげちゃえ」

「アハハハハ」

みたいなことを言ってたけど、まさかメイちゃんも同じネタにしたなんて……！

「だってケイちゃん、うちにいつも殴りかかってきてるから！」

「殴ったことねぇよ!?　殴りたいと思ったことは多々あったが」

「ほらやっぱり！　今の内に始末だ――――！」

「アホか！」

「でも、ケイちゃんだけだよ！　ホウ酸団子！」

「は？」

「ほかの男子には……チロルチョコだもん」

「…………」

「ケイちゃんだけ特別チョコだもん……」

「…………」

　2人の間に甘酸っぱい空気が流れた。

「……メイ……」

「ケイちゃん……」

（ってバカ!!　ワアアアアアアアアアアアアアアア――――！

もう無理――――――――！）

「おまたせー！」

バーン！

私は教室に勢いよく入った。

「あ……シノさん……」

（「あ」つった！　邪魔してごめんなさいね！　ヒョホホホホのホー！）

「……んじゃ帰るわ」

「う、うん……わかった……」

「まぁ、幸せになれよー。結婚式は呼べ」

「ケイちゃんってば……あはは」

……。

「ほら帰るぞ、シノ！」

ぽん！　って頭に手を置かれて、帰りを催促されたけど、ケイジの表情はどこか暗かった。

その顔を見て「ああ……間違いないな……」って確信した。ケイジはメイちゃんが好きなんだなーって。


「おなかが痛い」

教室を出るやいなや、私は突然の腹痛を訴えた。

「え？」

「ごめん、ちょっと急用。ケイジ、先帰ってて！」

「腹痛は⁉」

「仮病」

「は？」

私の言い分は支離滅裂だった。

「シノ？」

「ごめん！」

私はダッシュでその場を去った。

（だって‼　まともにケイジと一緒にいられる心境じゃない‼）

トイレに駆け込むと、自分の手のひらを眺める。

「あー……」

震えがとまらない。なんだ、これ？　失恋？　これ。失恋だよなぁ、これぇぇぇ。

（なんなのあの両思いな空気……！）

お互い彼氏も彼女もいるけど、『実は好き……』みたいな‼

「シノちゃんどうしたの～、話って！」

「徳川くん……」

なんとなく話を聞いてほしくて、徳川くんを呼び出したものの、言いづらい。「ケイジがメイちゃんを好きみたいなの！」だなんて言えない。

だって、あのメイちゃんだよ？　あんな変で、頭おかしくて、ワケのわからない子なのに、なんでなんでなんで……。

「……なんでもないんだけど……」

「エー」

言えなかった……。ほんと「エー」だよね！　ごめんね、徳川くん‼

「……アッ‼　わかった！　僕にチョコだ！」

「チョコ……か……」

かぶったなぁ……、ホウ酸団子。

「ウン、あげるよ」

「え!?　本当!?……ってか、シノちゃん暗くない？」

「そんなことないです！　ほら！」

ケイジにあげようとしたチョコを、徳川くんに差し出す。

「ありがと――。わ――――、しかもメッセージカードつきだ……って、これ佐山くん宛てじゃん!!」

「あー、それもそうだね」

ケイジへ　（←徳川くんへ　とペンで書き換える）
チョコつくったー！　初めて作ったヨ！
最後まで残さずたべてネ！　ホウ酸団子です。
シノ

「……いやいやいや!!　訂正すればいいって問題じゃないし！　佐山くんにあげなよ！」

「だって、かぶったから……」

「かぶった??」

「メイちゃんとチョコかぶったんだよ……『ホウ酸団子風☆白トリュフ』っていう」

「……シノちゃん彼女なんだから、ソコはもっとちゃんとしたの作りなよ……」

「だってケイジ、チョコいっぱい貰いそうだったから……」

「佐山くんと僕だったら、僕のほうが貰ってると思うよ!」

「かぶらなさそうな変チョコねらいたかったってゆーか……(無視)ああゆうのが、私たちの関係ってゆーか……でも最近は、そのポジションがメイちゃんになってきたっていうか……」

しょぼん。

「シノちゃん……」

徳川くんは優しく微笑んだ。そして、きっぱりと言った。

「それは嫉妬だね!」

「はい?」

「シノちゃんは、今まで本格的な嫉妬をしなかったからさ~」

「エッ? エッ?」

「大丈夫! 佐山くんは絶対シノちゃんのこと好きだから!」

「いやでもなんか、そうゆう問題でなく」

「わかってる、わかってる！　嫉妬してるから余計仲が良く見えちゃうとかあるよね！」

ち、違う！

「じゃ僕、これからカグヤちゃんと遊ぶ約束してるから、またね！」

「と、徳川く――――ん」

最後の味方が去って行った。

でも、そうか。今日バレンタインだもんね……。普通はカップルで過ごすよね。「先帰っててて！」って言っちゃったけど、ケイジ、待っててくれるかな？

淡い期待を持ちながら、下駄箱に到着したが、当然ながらケイジの姿はなかった。

まー、待ってるわけないよねー……。なんで逃げちゃったんだろう。エリカちゃんのときみたいに誤解だってこともあるかもしれないし……。

「あ」

駅の近くのマクドナルドの前を通りかかったとき、衝撃が走った。そこには仲良さげに談笑するケイジとメイちゃんの姿があったから。

今日はバレンタインだから、2人はカップルにしか見えなかった。

「……あーあ……」

今回は、エリカちゃん事件と違い、感情が爆発することもなく冷静だった。

(また怒ったら土下座でもしてくれるのかな……。また泣き喚いたら抱きしめて、ごめんね、とか言ってくれるかなー)

ぼんやりと2人の様子を見ていると、メイちゃんと目が合った。

「……あ！　シノさん？？」

メイちゃんが、ぶんぶんと遠くから手を振っている。あのかわいさはなんなんだ……。

「シノ！」

ケイジが駆け寄ってきた。

「おまえ、どこ行ってたんだよ！」

「どこ行ってたって……」

(なんで2人っきりでマクドナルドにいるのさー！)

という言葉は胸に押し込んで、

「ケイジこそ、なんで下駄箱で待っててくれなかったの！」

「いやいや、先に帰っていいっつったの誰だよ！」

「待っててほしかった」

「わかるか!!」

「愛でわかってよ‼」

「ねえねえ、シノさんもチーズバーガー食べる？　もぐもぐ」

メイちゃんがチーズバーガーを食べながらそばに寄ってくる。

「え、ううん、その……お……おなか痛くて……」

おなか痛いから、うずくまってるんです、みたいな感じで、動揺を迫真の演技でごまかしながら、そのまま、

「ごめ……、本気でおなか痛いから、２人とも、またね！」

って小走りでその場を去った。とてもじゃないが、メイちゃんと会話する気になれなかった。

「シノ！　大丈夫か？？」

「ワッ、ケイジ。追いかけてきたの⁉　だ、大丈夫。もう治った！」

「はや！　ほんとかよ！」

「ほ、ほんと！　もう大丈夫……」

「……ん、わかった。じゃ、とりあえず帰るか」

「エッ？　メイちゃんは？」

「シノんとこ行くって言ってきた」

　ケイジを思わず凝視した。

「なんだよ……？」

「エッ……あ、ううん、メイちゃんより私とってくれたんだな……って」

「メイをとる理由がないんですが」

「エー……でも……」

　気持ちはどんどん沈んでいく。

「？」

「……ほんとにいいの？」

「しつこいな⁉」

「だって……！」

「いいんだよ。アー。じゃあ話題切り替えといったらアレだが、シノさん、バレンタインのチョコは？」

「エッ？　ないよ」

「！！！」

「メイちゃんに貰ったからいーじゃん」

「関係ねぇぇぇ……。ってさっきから、メイばっかだな！　なんだよ、妬いてるんですか？」

「そうじゃないけど……！」

そうじゃないけど……さっき話……聞いちゃってたから……。

「チョコは……作るの失敗したんだもん……」

「あー、マジか」

本当は結構、会心の出来だったんだけど……。

「ねぇ、ケイジ……」

私はとても冷静だった。なんだかんだで学習した。真実を知るまでにモゴモゴしてた昔の私ではないのだ。

「ん？」

「ケイジって、メイちゃんのこと好きでしょ？」

「そりゃ好きだよ」

あまりにハッキリ言われたので、少し動揺する。

「かわいいだろ、小動物みたいで。なんで？」

そ、そっちの意味か。ちょっと泣きそうだった。

「いや……メ」

（メ、メイちゃんとのさっきの会話聞いたから……）

「………メイちゃんと仲いいから……どう思ってるのかなと」

「やっぱ妬いてんじゃねーか」

「違う……！　てか、そうゆう好きじゃなくてさ……」

モゴモゴしながらも、言う。

「ごめん、実はさっき聞いちゃったんだよ……！」

「？」

「ケイジが……メイちゃんに彼氏ができて、寂しがってるってこと……」

「………」

……。

その瞬間、間違いなく時間が止まった。

「あ！　あと、２人が両思いっぽい発言とか……」

「いやいやいや、ちょ、まて」

「盗み聞きしてたのは悪かったけど……！」

「シノ！」

「事実じゃんか！」

「ちげーよ！　メイと俺はそんな関係じゃない！」

「ウソだ‼」

「ウソじゃねぇ！　なんつーか、おとーさんっつーか、父親っつーか！　娘を嫁に出す気分っつーか……ほっとけないタイプだろアレ！」

「ほっとけない気持ちが好きっていうんじゃないの？」

「違う！」

「ケイジは気づいてないだけで、メイちゃんのこと好きなんだよ！」

「なんで勝手に人の気持ち、決めつけるんだよ！」

「じゃあケイジの言うことがホントでも！

『あれ、なんか寂しい気持ちになるのはなんでだ、俺』

誰にでもあんなこと言う男、信じられるわけないじゃん……！」

「誰にでもじゃねー！」

「やっぱり！　メイちゃんだから言うんだ」

「違う！」

「うるさいうるさい！　メイちゃんのこと好きなくせに！」

冷静なはずの自分はどこにいったのか。ただ叫ぶだけだった。ケイジがゆっくりと口をひらく。

「……だから、メイと俺の関係ってのは」

「もういい。もういい。わかった!!　ごめんね、私の勘違いなんだよね」

「全然わかってないだろ、お前!!」

「わかってるよ！」

「わかってない！」

「言い訳ばっかり！　ケイジなんて嫌い!!」

私はダッシュでその場から逃げ去った。

翌日の気まずさといったら、なかった。授業中も一切ケイジとは喋らないし、一緒に移動教室にも向かわない、お昼も一緒に食べない。

ケイジが声をかけてきても、

「なあシノ……」

「ごめん、ちょっとトイレ」

「待っ」

無視ばかりした。悪いとは思うけど、とても話せる心境じゃなかった。そんな私たちを見たクラスメイトたちの反応は、

「やだー。ケイジ、暗ぁいッ！　朝倉さんとケンカしたのー？」

「ちゃんと謝りなよぉ〜〜〜」

「てか、朝倉さん！　ケイジ反省してるし、許してあげたら？」

ただの痴話ゲンカにしか捉えられてなかったから、逆に私が説教されたこともあった。

「最近1人だね！　ウケル!!」

一番私と親しいミドリコがにやにやしながら話しかけてきた。

「佐山くんと別れたぁ？　ようやく別れたぁ？　やっぱねー、別れると思ってたよ」

「！！！！」

「最近、佐山くんってメイちゃんと仲いいよね〜」

ブルブルブルブルと体が震える。

「シノもとうとう終了だね！」

ブルブルブルブル……。

「いい気味〜」

ブルブルブルブル……。

「ワァアアアアアアアアアアア！」

「ギャッ!! 嘘だって。ぎゃ――」

真剣に心配してくれたのはカグヤちゃんくらいだった。

「シノちゃん大丈夫？ 早く仲直りできるといいね……」

ケイジも責任を感じているのかメイちゃんとは喋らなくなった。

「ねえねえ、ケイちゃん！」

「わりー、今疲れてるから、またあとで」

「あ……わかった……」

どんどん教室の空気が気まずくなっていく。そうした張本人は私だけれども。でも、あの2人を見たまま黙っていればよかったの？ 私はどうしたらよかったんだろう？

休み時間を知らせるチャイムが響くたびに「はぁぁぁ」とため息の数が増えた。喋る相手もいないから、机の上で、ただひたすら寝てるふりをしていた。机が友達の勢いで、私は机に頬ずりする。

「なあ、シノ……」

ケイジが困惑気味の声で話しかけてきた。

「俺は……」

「今はケイジと喋りたくない……」

「だけど」

「ごめん、もう今までみたいな気持ちになれない……」

「シノ！」

「もう話しかけないで……」

腕をつかみにかかってきたケイジの手を振り払った。

そのとき、

「シノさん」

「え？」

ふいに顔をあげると、メイちゃんが目の前に立っていた。

――シュッ！

メイちゃんの姿を確認したと同時に、私の顔面にファブリーズが噴射される。

「いっ！」

――シュッシュ！

「メイ！　おま……」

「エエエーッ!?　なななな、急に……なん……」

私はゲホゲホ――、と涙ぐみながら、咳《せ》き込む。

「バカ！　なにしてんだよ！」

「……だって……」

「だって……なんだよ？」

「だって……」

メイちゃんはうつむいた。一瞬、ちらっとだけケイジを見た気がした。私がケイジに冷たい態度をとってたから、腹を立てたのだろうか？

「だって……」

「気にしなくていいから、あっち行ってろよ、な」

「……わかった……」

なに、このお互いを思いやる空気。

「もう、2人がくっつけばいいじゃんか……！」

ガタン！　と大きな音をたてて立ち上がる。

自分でもびっくりするくらいイラついた態度をとって、

「シノ！」

ケイジの声も遠く、私は教室を飛び出した。

「くやしいいいい」

あまりに悔しくて、携帯のボタンを連打する。

メイちゃんにファブリーズかけられた！
なんなのあの子！

という説明なしの怒りのメール。とにかく誰かに話を聞いてほしくて、徳川くんとミドリコに送った。

「シノちゃん今どこにいるの？」

徳川くんからすぐに電話がかかってきた。

「図書室だヨ！」

「わかった、そこにいてね！」

しばらくして、

「シノちゃん〜。図書室は飲食禁止って知ってた？」

「徳川くん……」

ひらひらと、お弁当とペットボトルを持って登場する徳川くん。

「でも、人が来ないからここでごはん食べようっと。はい、シノちゃんの分！」

「ありがとう……」

どうにか笑顔を取り繕《つくろ》う。

「メール見たよー。びっくりした。ファブリーズ、やりそうだよねー、あの子。アハハッ」

「ぜんぜん笑えないよ……」

「……どうしたのー？」

「なにが……？？」

「元気印のシノちゃんだったのにね」

ヨシヨシって、徳川くんに頭を撫《な》でられると、涙が出てきた。あえて、突っ込んでこない優しさに泣けてきた。

どれくらい泣いてたんだろう。私がようやく泣きやんだところで、徳川くんが真顔で言った。

「……ねぇ、シノちゃん」

「ん……？」

「泣き顔がひどい……かわいくない！」

「うるさい！」

徳川くんの一言で、湿った雰囲気がぶち壊された。

「カグヤちゃんが言ってたよー。佐山くんとなにかあった？」

……。

「あった……っていうか、ケイジが……」

「うん」

「メイちゃんのこと好きみたいで」

「それはないでしょ」

「そうかな……」

「だってメイちゃんだよ。考えてごらん！　メイちゃんだよ。あれは恋愛対象じゃない。珍種だ！　愛玩《あいがん》動物だ！」

「でも、なんかそこがまた、かわいいし」

「いや、あそこまで変人すぎると……かわいさとか台無しだよね！」

「そっかー……」

「性欲もわかないよね！」

「うわー……」

「チンkも立たな」

「もういいよ!!」

なんで真剣な悩みが下ネタに移行しているのか。

「で、なんで佐山くんがメイちゃんを好きとか思うの？」

2人の話を盗み聞きしてしまったこと、その後ケイジにそのことを話して気まずい雰囲気になったこと……すべて話した。

「……なるほどねー。シノちゃん、それさぁ～」

徳川くんはニコリ、と笑った。

「浮気だ！　絶対浮気だー！」

「やっぱり！」

「しかも、どっちかっつーと心の浮気だよねー。ケイジくん、惚れてるね」

「ウワ――――ン！」

「ドンマイ、シノちゃん」

しくしくと泣いた。

「まぁ、冗談はおいといて……」

くすっと徳川くんは笑う。

「僕としては佐山くんの気持ちわかるなー」

「エ……なんで……？」

「だって、メイちゃんが佐山くんを好きって噂、超有名じゃん？」

「うん」

「自分に好意を持ってると思っていた女の子に彼氏できると、寂しいって気持ちあるよねー」

「なんでなんで!?」

「なんでだろうねー、勝手だけどねー。そんなもんだよ。佐山くんもそんな気持ちだったんじゃないかなあ……」

「そんな……」

そんなのずるいよ、と思う。

「僕がシノちゃんに対して、そう思ったように」

「………え？」

ピシリ、と固まる。

「いやー、僕正直、シノちゃんは僕のこと好きだって思ってたからさ……」

「エーッ！　幸せな妄想だね！」

「まー、男なんてそんなもんだよ。シノちゃんの態度がそう思わせた！」

「どんな態度だぁぁあ」

「実際、僕はシノちゃんに彼氏ができて寂しかったよー」

「あれまー」

「ま、こんな会話を、佐山くんとメイちゃんがしてたらシノちゃんが聞いてて、『佐山くんはメイちゃんが好きなんだ！』っていう結論にいたったと」

「う、うん……そうかも……」

「単純すぎる」

「うるさい！」

涙がまた出てきた。徳川くんという存在に、ぼろぼろと。

「また泣いたー！」

「ケイジのせいで、私の人生は真っ暗だ」

「うんうん、よしよし。佐山くんのこと大好きなんだね」

「……うん……」

　大好きで大好きで仕方ない。

「……さ、僕の胸でお泣き！」

「結構です」

「なんで!?　ここは普通、男女が抱き合いながら悲しみを共有する場面だよ」

「徳川くんとは悲しみを共有したくないよ」

「いいから泣いてこいや」

「ふざけんな」

「エイヤッー」

　ぎゅーって。

「――と、徳川くん！」

　徳川くんに初めて抱きしめ……というより、どっちかっつーと「ヴッ！」っつってプロレス技くらった感じだった。

「いたいいたいいたいいたい!!　バキボキ音がなってる！　首がもげる！」

「もー冗談ばっかり～！」

　バキボキ。

「……あのね、徳川くん、あってるよ」

「なに？？」

「私、確かに昔は徳川くんのこと好きだった」

「わ――、ありがとう」

ついでにカミングアウトした。それからしばらくは、徳川くんにずっとギューッてされていた。それはもう、ずっと。

（えっ……てか……。長くね？　長すぎない？　ちょっ……長い！　逆にウザい！）

「どんだけ私を抱きしめたいの！」

「うん、えっとねー。シノちゃん」

「うん？」

「実は僕さ……佐山くんと一緒に来てたんだよね――！」

「エッ？」

「佐山くん、もう入っていいよー！」

徳川くんが声をかけた先には――。

「ケ、ケイジ……」

「え？　あ……」

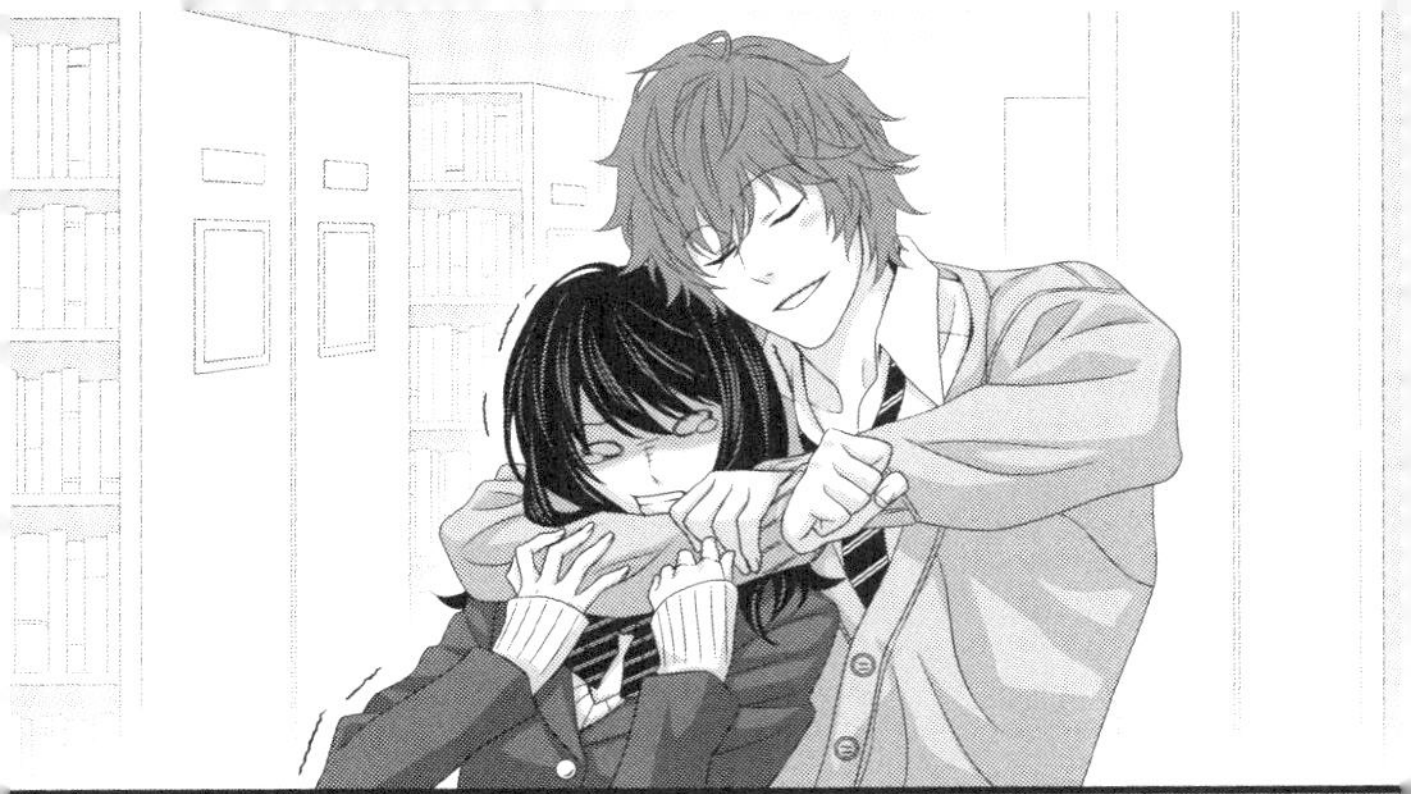
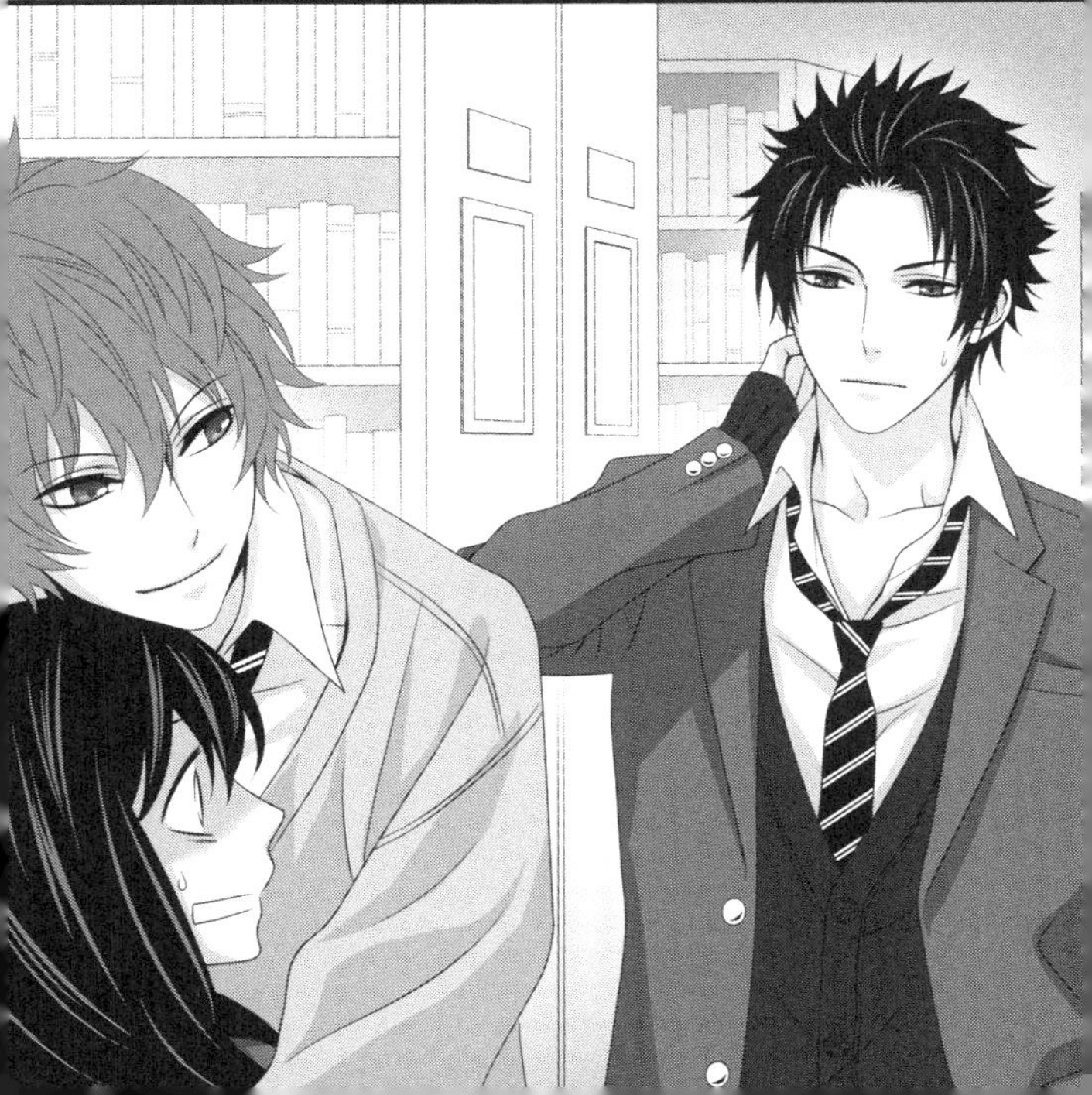

ケイジが入ってきた。ケイジが一瞬固まる。

「じゃあ、僕は邪魔者だから退散するね」

私から離れると、徳川くんは「ぽんぽん！」とケイジの肩を叩いた。

「いやー、僕ってキューピッドだなあ」

そう言いながら徳川くんはすたすたと去って行った。

ケイジと私は対面し、お互い無言で立っていた。

「……な、泣いてたんだからいいでしょ！」

「泣いてたら、誰に抱きしめられても泣き止むのかよ！」

「そーゆーわけじゃないけど！　しかもどっちかっつーとプロレス技だし！」


「……ごめんなさい」

謝った。

「いや俺こそ……。つーか、2人の話とか……まぁ、はい、聞いてました。すみません」

「……いや、私もそれは、あの、メイちゃんとケイジの会話盗み聞きしてたし……。ごめんなさい」

お互い「すまん」「ごめん」の応酬だった。

「あ――…………どこから喋ればいい？」

怖くて体が震えた気がした。

「どこって……メイちゃんのこと……」

「そっか」

ケイジがぽつりぽつりと話し始める。

「うん、まぁ、信じなくてもいいから聞け」

「はい………」

「俺はメイのことは、好きじゃない」

「………」

「俺が好きなのはシノだから」

「……うん」

「だけど、メイに彼氏ができたって聞いたときは、なんつ――か、

『あれ、俺のこと好きだったんじゃなかったのか……？』

とちょっと残念に思いました、はい。徳川くんの言ったとおりですね」

「…………」

胸がちくりと痛む。

「やっぱそこは、俺も男だし、好意もたれてるのは嬉しかった」

「……うん」

「それでメイと付き合うとかは絶対ない……けど」

「……けど？」

「……ここ最近、メイとすげー仲良くなって、毎日がおもしろくて」

グサッ！

「今まで意識してなかったけど、メイもちゃんと女の子だなーとか思ったりして」

ブシュッ！

「一歩間違ったら、ラブ的な意味で好きになってたかもしれないと思う」

グサブッシュギョ――――！

「……うぅ……」

「……うん、まぁ、こんな感じ」

正直に言ってくれるのは嬉しかったけど……。

「わ――――、やっぱり……！」

「うん。まぁ何度も言うけど、あくまで間違ったらで俺が好きなのは、目の前のじゃじゃ馬さんなんで、メイのことは好きになりませんでした。間違うこともないしな」

そう言われて、広がった傷口が一気に塞がった気がした。

「つーわけで、俺の話は以上！」

「……え？」

「終了」

…………。

「エッ!?　今のでおしまい!?」

「おしまい」

「も、もっとないの……!?　メイちゃんと私の間に揺れた気持ちとか……」

「ない。なぜなら揺れてないから」

「エー……」

「傷つけてごめん」

「エエエ～……」

「……っておかしいだろ！　なんでそこで不満がるんだよ！」

「だって……。これだけじゃケイジのこと許すしかないじゃんか！　もっとドロドロの三角関係を想像してたのに！　むしろ『俺の気持ちはメイにあるけど、シノとの関係は続けたい』的な、ケイジサイッテー！　みたいな……そんな感じの……」

「………いや……。まぁ、期待に応《こた》えられなくてすみません」

「ウン、反省してね！（?）」

「まー―、俺は許すつもりないけどな」

　？？？

「あ……アー！　なるほど。『最愛の彼女を悲しませた俺、許すまじ！　反省！』ってことか」

「いえ、朝倉さんを」

「アレ……。おかしいよね、それ。私が許す側であってケイジが許される側だよね」

　ケイジがニヤリと笑った。

「徳川くんのこと好きだったんだって？」

「ア……」

「いやー、シノと付き合ってわかった。俺って結構、嫉妬深いわ」

「えー、マジでー。あははは。さあ、授業だ、さあ行こう」

「なんで徳川と抱き合ってた？」

「抱き合ってないよ！　あきらかにボキボキされてたし！」

「ヘェー」

「ヘェーって、ちょ……えええええ——。近い近い、顔近いよ、ちょっ……！」

強引なキス。

「……」

そして、雰囲気で察した。これは、キスだけで終わらない雰囲気だと。

「ウゥ…！　ここここ、図書室」

「人こねーよ」

「くるよ‼」

悲鳴に近い声をあげた。

「それに！　公共の場でそうゆうことするのってどうかと思う！」

「公共の場……？　あ、それで思い出した」

「エッ？……なにを？」

「山田」

「山田……くん？」

山田って苗字どこかで聞いたな……。そう言えば文化祭でハメ撮りしてる男子の話を聞いたような……。

「山田のやつ、この間のバレンタインで……教室の机で彼女とまぁ、うん」

「……アッ……そっか、ウン」

（まぁ、バレンタインだもんね！　盛り上がっても仕方ないよね！）

「んで、問題なのが」

「なに……？」

「言いづらいんだが」

「なになに？」

「問題なのが、朝倉さんの机だった」

「………」

（ふざけんな山田!!）

「しかも……あ——、つまり、山田の出したもんが、机の上に」

（……出したもんって……）

!?

「ウソでしょぉおぉあ」

「うん、そんでブチッときて、この間のバレンタインに軽く山田をまー、うん。んで、そのあと、メイもキレてくれてなー。だからメイとマクドナルドにいたんです。っていう言い訳」

「ぼぼぼぼぁぼあぅじゃぼっ……」

私の声にならない声。

「だからマクドナルドに2人っきりでいたこと気にしてんなら、ほんとごめん」

いやいや、マクドナルドに2人っきりとかどうでもいい!!　き、汚い。汚すぎる!!　ケイジとメイちゃんのことで悩んで、授業中とかも机の上でべっそり寝てたりしちゃったよ。

「……アレ……?」

まさか……。だからメイちゃんは私にファブリーズかけたの!?

「まー、机と言えど……自分の彼女にかけられた気分だった」

「ギャ!　ちょ、やめてよ!!」

「んで、そんな気分の優れない感情の中で、どっかの朝倉さんはこう言った。『嫌い!』と」

「あ……」

ケイジが、悪そうな顔でニヤリと笑う。

「エッ……?　あ、そうだね、まぁ……うん、でもほら、ケイジがすべて悪いし(?)」

「あー、そうか。まぁそうだな。役得っていう点では、悪役も悪くねーな」

「えええ顔近!!　えええ――――、やばいこれはやばい。あわあわあわわ……泡」

ドン、とぶつかった背後には図書室の本棚。本棚と本棚の間は、人目に付かない。なにかするには、最適な場所……。

「ちょ、ケイジ――――」

　ついばむようキスされて、止まらない。

「ウゥ……図書室…なのに………」

「関係ねー」

「エエエエ……！　なにそれ！　ケ、ケイジ、ずるいよ……！」

「なにが？」

「だだだって、ウゥゥ……ケイジが悪いのに、私が悪いみたいなこの空気。なに、このエロイ空気」

「エロイことするんじゃねーの、ってツッコミ待ちか、それは」

「ち、違うけど！」

　言葉を交わしながらキスしている間に、ケイジの手が私の内腿《うちもも》を撫でる。いまだに慣れないこの行為だけど、体が火照ってるのは求めてる証拠なのかもしれない。

「ケ、ケイジ」

「ん？」

「もう一度、キ……キスして！」

「ん」

ゆっくり入ってくるケイジの舌は、ここが学校ということを忘れそうだった。とても甘い2人だけの空気……。

「なんかさ、親友とその彼女の絡みを見ると、今後の付き合いを考えるよね」

ピキッ。ありえないはずの声に固まる。

「わ――。リューくん、だめだよ！　出てっちゃ！」

「でもさー、今声かけなきゃやばかったよ！　2人、絶対このまま18禁なことしてたよ」

「おまえら何し……!?」

ケイジが慌てて離れる。本棚に隠れて男子2人が顔を覗かせていた。赤髪と、栗色のあの髪色は……、

「リューと徳川……！」

「やほ！　変態」

リューくんはとっておきのスマイルを浮かべ、それから私の肩をぽんぽんと叩く。

「ねえねえ、シノォ～『キスして！』だって？　プッ!!」

私は半端なく顔が赤くなった。

「ううううるさいよ！　なんで見てるの!?」

「まあまあいいじゃん☆　仲直りしてよかったね☆」

「と、徳川くんも覗き見するなんて！」

「ごめん！　僕はリューくんを止めようとしたんだけど……なんていうか、始まってたから……！」

「ウワァァーン！　もうやだ！　恥ずかしくて死ねる！」

「いや、僕も正直ちょっと恥ずかしいどころじゃなかったよ！」

「だから!!　もう！　ウワァァ――ン！」

ケイジは、顔をおさえながら壁に寄りかかっていた。

「まぁほら、仲直りしたことで、盛り上がった結果だから……ね！」

徳川くんの慰めの言葉に余計に恥ずかしくなった。


教室に戻ると、中央にお布団の山ができていた。心なしか、もごもご動いている気が……。

「……？　なにこれ……？？」

カグヤちゃんが、げっそりした表情で答えた。

「……メイがシノちゃんを怒らせたとかで、布団に包《くる》まって出てこないの……」

「エェーェ――！　むしろこのお布団どうしたの」

「保健室から強奪してきたみたい……」

「……へェ……」

お布団の山におそるおそる近づく。

「……メ、メイちゃん、あの、ごめんね、ケイジから聞いたよ」

「…………」

「私のために消毒してくれてたんだね」

メイちゃんが、布団から顔をひょっこり出した。

「……シノさん、怒ってる？」

「怒ってないよ」

「嘘！　さっき怒ってた！」

「いや、それはそのあの、誰だって突然ファブリーズかけられたらだね」

「じゃあ、やだ!!」

（エエー！）

「やだ!!　出ない!!　やだ!!」

（エエー）

「絶対出ない!!」

はあ……。呆れたように私とケイジは顔を見合わせ、そして大きく笑いあった。

8章　卒業式

『第XX回、卒業式』

校門には卒業式の看板。

卒業式を終え、卒業証書を貰い終えた生徒たちのすすり泣く声と、思い出を残そうとあちこちからカメラのシャッター音が響く。

「あっという間だったなー」

毎日通っていた教室の黒板は、チョークでカラフルに書かれたお別れメッセージで埋め尽くされていた。

『3-1最高☆』『みんな一生の友達だよ！』『最強☆せかいいち愛してる』メッセージだらけの黒板を眺めながら、今日が卒業式であることを実感する。

「最後の3年、最後の登校かあ……」

まるで走馬灯のように、3年生の思い出が頭の中に広がる。

ケイジと出会って……恋して……付き合って……。

恋愛を初めて体験して、うん。いろいろあったなあ……。

こらえていた涙が、じわりと目尻に浮かぶ。

卒業……。

その単語を思い浮かべるだけで、涙はとどまることなく溢れ出す。

「本当に卒業したんんだ……」

むしろ嗚咽《おえつ》さえ漏れる。

「ようやくこのクラスから脱出できるうううー!!」

両手を挙げて、ばんざーいばんざーい!

「やーうれしいうれしい。あっぱれあっぱれ」

「朝倉さんは、こう、ちょっとはクラスの空気を呼んで発言してくれると、俺としてもありがたいんですが」

隣の席のケイジが、私の喜びに文句を言ってきた。

「だって嬉しいんだもん。どれだけこのクラスにいて辛かったか！　楽しいこともあった気もするけど、人間ってほら、嫌なことをよく覚えているというか～。まーつまり卒業イエーヒャッホーうれしー私しあわせ……もが」

青筋立ててるケイジの手で口をふさがれる。

「いいか？　空気を、よ、め」

「わ、わかってるってえ～冗談冗談……」

本気で怒りだしそうなケイジをどうどうとなだめつつ、改めて周囲を見回すと、女の子はほぼ泣いている。

「みんな泣いてるねー」

　しらーっとした私。

「冷めすぎなんだよシノが」

「冷めてるわけじゃないよ。ケイジに言われたとおり、空気を読んで嬉し涙出さないだけだよ」

「読んでるけど読んでねーんだよ！」

「意味がわからなぁい」

　最後の最後でも、隣に座るケイジと軽口を叩き合う。

　この教室でのやりとりこそが最後なのだと思うと、確かにさみしいという感情は理解できる。それでも卒業の嬉しさのほうが熱いけど。

「シノさああああああん！！！」

　そんな浸り中に、私の中では3学年最強の問題児であるメイちゃんが私の目の前で仁王立ちし、下唇をかみ、プルプル震えながら現れた。

「シ、シノさんに言わなきゃいけないことがあって……うち……」

「え、あの、唇かみすぎて、血、出てるよ、メイちゃん」

　メイちゃんの振動は止まらない。唇から血は継続し垂れ流され、瞳孔は見開いている。っまりコワイ。

「実は……う、うち……」

メイちゃんがこんな姿になるほどまでに言いたいこと……？

まさかケイジを好きだった〜っていう告白？　かな……！

え、どうしよう。そんなこと言われても、どんな顔してきいたらいいんだろう⁉

勝者の笑みを浮かべればいいのかな……？

なーんてそれはさすがに性格悪いよねー。でも最後の最後でそんなカミングアウトされても困るし……ウウン。

「シノさん、あのね‼」

私がうだうだ考えてる間に、メイちゃんが口を開いた。

私とメイちゃんの間に、緊張の沈黙が走る。

「実は、実は……」

ごくりと息をのむ私。

「実はうちオタクなんだ‼」

メイちゃんの暴露？　により、緊張の沈黙はすぐに終焉《しゅうえん》を迎え、不可解な沈黙だけが私たちを包み込む。

「……あ、そう、へぇ、ふぅん……」

ちら、とメイちゃんが私の顔色をうかがってきたので慌てて言葉を紡ぐ。

「そ、そうなんだー？　意外だなあーギャルだと思ってたー」

としか言えない。

「ううん、うち中学まではくっそオタクで……高校生になったときにギャルになったんだ……」

「そ、そうなんだあ」

としかまじで言えねぇっつーの。

「シノさん……ひいた？」

「ひきはしないけど……」

そのカミングアウト必要あった？　とは思う。

「シノさんにそう言って貰えると自信つくよぉ。うち、これからもオタクとして生きてくから！」

「ウ、ウン……」

突如目を輝かせ、私の手を握り「卒業しても元気でねシノさん！」とだけ言い、メイちゃんは笑顔で去っていった。

「なに、いまの」

「さあ……まぁメイだし」

ケイジのその簡素な結論ほど説得力あるものはなかった。

メイちゃんが頭くるってるのはいつものことだった。

「あー、そうだ、この際だからお世話になった友人のみんなには挨拶したいなあ」

「お、卒業式っぽいな。いいぞシノ、その調子だ。そうやって人の心を取り戻していけ」

「どゆ意味それ」

「そのまんまだ」

行ってこい、とばかりに背中を押される。

「またあとでな、一緒に帰ろうぜ。ちょっと話したいこともあるし。たいしたことじゃねーけど」

「……話？　ウンわかった」

ケイジに笑顔で見送られ、私は教室を後にした。

「私、他のクラスくらいしか友達いないしなー」

というわけで他クラスへ直行。しようと一歩廊下を歩いたら、後ろから裾をぐいっと引っ張られた。

驚いて振り返ると、唯一、自クラスでできた友達の仕業だった。

「カグヤちゃん……」

徳川くんの彼女であり、心優しいお友達。

目の周りの崩れた化粧をみて、泣いていたんだなーと思う。

「シノちゃんにはとってもお世話になって……」

カグヤちゃんが恭《うやうや》しいくらいに頭を下げてきたものだから、慌てて両手を振る。

「私こそ、カグヤちゃんがいなかったら友達ゼロの3年になるところだったから」

カグヤちゃんが首を横に振った。

「私だって、シノちゃんがいなかったら、ずっと好きだったひとが彼氏になるなんてあり得なかったよ？」

白くて小さくて、つめも綺麗にネイルされた手が、私の手を包んだ。

「だから、お礼言わせて。本当にありがとう」

「あ、いえ、こちらこそ……本当にありがとうございます」

2人して同時に頭を下げたものだから、おもしろおかしくて、暫《しばら》く2人でくすくす笑い合った。そしてさよならをする。

カグヤちゃんに会うのも、もしかしたらこれで最後だろうか？

そう思うと、みんなと同じようにじんわりと寂しさがこみあげてきた。


「ミドリコ！」

「やほーシノー！」

廊下遠くで大きく手を振っている幼馴染みに笑顔を向ける。

「やっと悲願の卒業だね、おめでとう！」

「まあね――」

「ま、どうせシノとは近所同士だし、明日も会いそうだけどね。進学先が違うとはいえ、どこかしらで顔合わせそう～」

「イイじゃんー私たちは変化なしってことで」

「シノにはいろいろされたからねえー。女帝怒らせるわ徳川くんとの恋路邪魔されるわエンペラーと一緒に怒られるわ」

「わかるー。ミドリコにはいろいろされたもん。あっさり裏切るわ、罪かぶせられるわ、不良に売られるわ」

「よくこれでうちら縁きれないね」

「ほんとにね」

やっかいなほど腐れ縁で、愛すべき幼馴染だったりするから、こまる。

「やあやあ、そこのガールズふたり!!」

「ん?」

この軽薄で軽快、不快きわまりない声色の持ち主は――。

卒業式だというのにちゃらちゃらしただらしない格好をしているリューくんだ。

「もー、今ミドリコとしゃべってるんだから、あっちいって」

などとしっしっと手ではらう。

「もういないじゃんミドリコちゃん」

「え?」

気づいたら隣にいたミドリコは、テレポーテーションのごとく、廊下奥に向かって走っていた。

「ちょ、おま」

「あたしリューくんムリ! シノ、ファイッ」

「最後の最後まで裏切るんじゃないよおおおお」

走り去っていく愛す……訂正。憎たらしい幼馴染。

「まあまあ。ミドリコちゃんに用事はないんだ。あるのはシノ、おまえさ」

嫌な予感しかしない。

「おれの文集見た？」

「見てないけど……」

「じゃあ見て、ほら。おれの傑作だよ」

リューくんが私に１冊の文集を投げてよこした。

とうとう卒業だ。

思えばはじまりはあの夏だった。

シノが言った。

『１００円で抱いて』

おれはことわった。ケイジとは親友だから。

そして冬。泣きながらシノはいった。

『タダでいいから抱いて』

おれはシノがかわいそうになった。

だから抱いた。

ごめんねケイジ。

3年1組　リュー

読み終えると、無表情で文集を破り捨てた。

「あ、なにするんだ、おれの渾身《こんしん》の文集！」

「どこが渾身なのか！　なにこのきもいやつ⁉　なんだこれ⁉　なんでリューくんは最後の最後まできもいの？　逆にすごいよね⁉」

「まぁおたがい、一冬の思い出ってことで」

「なに記憶改ざんしてるの。こんな事実なかったでしょ」

「わかってるって。おれとシノの関係は誰にも秘密だよ」

「会話ができてないよちょっと。アッ、リューくんとの関係は、今をもって赤の他人ですので、もう今後一切、私に声をかけないでくださいね～」

「愛し合った仲なのに？」

「やーリューくんとばいばいできるなんて涙が出るほど嬉しいなああ卒業式さいこうだな

ああああ!?」

「その文集大事にしてね？？　破いたところはセロハンテープで補修しといてね？」

「ウンウンわかった」

　破りまくった文集は、きちんとゴミ箱に叩き付けてやった。

「疲れた……」

　友人たちへの挨拶も一段落し、

　私はぐったりと廊下の窓辺に腰をかける。

「どうしたの、背中そんなに丸めて」

　くすくすと楽しげに声をかけてきた人物を見上げる。

　ちょうど帰るところだったのかもしれない。鞄を肩にかけ、優しげに笑っている、仲の良い男友達。

「あ、徳川くんには挨拶してなかった、忘れてたわー」

「ひどいなー、てっきりシノちゃんは僕を探してくれてると思ったのに」

　そう言って鞄からアルバムを取り出し、差し出してくる。

「僕はシノちゃん探してたけどね。寄せ書き書いてもらおうと思って」

「楽しそう、書く書く！　徳川くんも私のアルバム書いてよー未だ誰ひとりにも書いてもらってない私のアルバム」

「じゃあ僕が第1号だ」

徳川くんは私のアルバムを開き、ぽん、とペンのふたを外す。

「徳川くんのために、このシノちゃんさまが、カラフルなペンで煌《きら》びやかに書いてあげるね」

「うん、ありがとう」

「ワー、さすが徳川くん。既にいろんな人に書いてもらって埋め尽くされてる……これは徳川くんの親友として負けられないぞ！　感動的なメッセージを書いちゃる……ってアレー、ペンないや。徳川くんちょっと貸してくれる？」

「ペン？　いいよ、ちょっと待っ……」

「どこだどこだ」

徳川くんの鞄を勝手にあさる。ザザーっと鞄から筆箱の中身、ありとあらゆるものをすべてをひきずりだす。

「ちょ」

「カラフルなペンないじゃん、赤ペンしかない！　他にはないの？　探せ探せ」

鞄をひっくり返し、すべての中身が出す。バシャーンと散らばる小道具たち。

「わ、わ――。僕の3年間の筆記用具たちが〜」

「あ、あったあった！　3色ペン。これでどうにかなりそう。徳川くんはもう書いた？」

「書いたよ」

「どれどれ」


今日のシノちゃんは、当然の如く僕の鞄をあさっていきました。

僕の承認とかそんなの全然関係ないかんじでした。

山賊みたいだなって思いました。とても怖かったです。完。


「ギャーなにこの寄せ書き！　全然卒業感ないじゃん！」

「山賊は佐山くんと一緒にいなくていいのかい？」

「なにその最後の最後で不名誉なあだ名……！　ケイジとは一緒に帰る約束したよー。話があるとか言ってたし」

「話？　別れ話？」

「なんでいきなり不吉なこと言うのか。だいじょうぶだよ！　たぶん……たいした話じゃないらしいし。たいした話じゃないならすぐ言ってほしいけど」

まったくヘタレなんだから……と、小さく呟くと、徳川くんがふっと笑う。

「いや、でもね。ケイジくんは本質的にヘタレなんかじゃないよ」

言いながら、書き終えたアルバムをぱたん閉じる。

「きっと、溢れまくってる愛をピンクに変換してぶつけ難い体質なんだよ」

「………」

「って言ってみる」

それから徳川くんは「はい、どうぞ」とアルバムを差し出してきた。

「そ、んなこと言われましても……」

私は急に恥ずかしくなり、アルバムを受け取りながら、顔をうつむかせる。

「……最後までご心配をおかけしまして、ありがとう」

小さくお礼を言えば、徳川くんはいつものように目を細めて優しく笑ってくれた。

既に生徒もまばらになった教室に戻ると、ケイジが席に座って私を待っていた。

「わー、まるでご主人様を待ち続ける忠犬のようだ」

「誰が犬だ、誰が」

私が来たことを確認すると、気《け》怠《だる》そうに立ち上がり、

「さっきリューが、クラス全員で中庭で写真とるっつってたから、中庭いくぞ」

机においてあった私の鞄を手に取り、さっさと歩き出した。

「まってまって」

慌てて小走りであとについていく。既に空は薄暗く、先ほどまで学校全体を包んでいた騒ぎはなくなっていた。

「……つーか、帰りのふたりっきりのときにでも言おうと思ったんだが、先に話を終わらせておく」

ケイジは突然立ち止まると、振り返る。

「ウン？」

「これ以上引き延ばすのもどうかと思うしな！」

「え、なになに……」

「あー……」

「待って!?　まさか別れ話じゃないよね!?」

「アホか。たいした話じゃねーつってんだろ」

「そ、そうだよね」

じゃあなんだろう。どきどきしながらケイジの顔を見つめる。

「――っ」

今までにない真剣な表情で見返されて、さらに心臓が飛び跳ねた。

「シノ」

「は、はい」

「俺はシノが好きだし、できればずっと一緒いたいと思ってる。だから、そっちも俺がそう思っておまえと一緒にいると自覚しとけ」

「…………」

言い終わると、ケイジはばつが悪そうにそっぽを向いた。

「……なんだこの脅迫は。まーいいです。大概俺もヘタレだな……」

きっと私の顔はいま赤い。熱い。

「ね、ねえケイジ」

「なんだよ」

「私いま嬉しくて泣きそうなんだけど」

「シノさんのお得意の嬉し泣きか」

おかしげに笑うケイジの空いた手に触れると、ぎゅっと握り返してくれた。

「私、卒業式なのに泣き所違うね」

「そうだな」

繋いだ手をぶらぶらと、振り子のように揺さぶる。

「ねえケイジ」

「ん？」

「ねえねえ」

「なんだよ」

呆れたようにこちらを向いたケイジに、私は口を開いた。

「好きだよ」

だって私の顔も十分赤いんだから、ケイジも赤くなれ！

ってそんな気持ちたっぷりで放った言葉は、予想通りになって。

「……初めて言われた気がする」

「そ、そうだっけ。前も言ったことあるけど」

「多分。はっきりとしたまともなかんじのは」

「そ、そっかあ……」

私たちは手を繋ぎながらも、お互いそっぽを向いたままという珍妙な形で歩きながら、まだ騒がしいであろうクラスメイトたちが待つ中庭へと、向かっていったのだった。

この作品は二〇〇九年十月アメーバブックス新社より刊行されたものに加筆訂正したものです。

教室《きょうしつ》の隅《すみ》にいる女《おんな》が、不良《ふりょう》と恋愛《れんあい》しちゃった話《はなし》。

秋吉《あきよし》ユイ

平成25年4月10日　初版発行
令和4年7月20日　8版発行

発行人――石原正康
編集人――永島賞二
発行所――株式会社幻冬舎
〒151-0051東京都渋谷区千駄ヶ谷4-9-7
電話　03(5411)6222(営業)
　　　03(5411)6211(編集)
公式HP　https://www.gentosha.co.jp/
印刷・製本―中央精版印刷株式会社
装丁者――高橋雅之

検印廃止

幻冬舎文庫

ISBN978-4-344-41996-4　C0193　あ-44-1

この本に関するご意見・ご感想は、下記アンケートフォームからお寄せください。
https://www.gentosha.co.jp/e/